U0152926

我的出走日記

前言

- 本書在尊重朴海英編劇的劇本寫作形式的前提下，根據原劇本進行編輯。
- 考慮到戲劇台詞的口語形式，為了呈現劇中語感，即使與現有韓文拼寫規則有所出入，仍保留這樣的表達方式。
- 逗號、句號等標點符號與台詞換行方式亦遵循作者的方法。

My

Liberation

Notes

我的出走日記

3

朴海英 劇本書

莫莉、郭宸瑋、黃寶嫻／譯

用語列表

INS.（insert）	連續畫面之間插入的畫面。
#（scene）	場景。同一場所、同一時間內發生的連續行為或是台詞所構成的場景。
E（effect）	效果音。畫面之外響起的聲音或台詞。
F（filter）	電話另一頭的話聲或內心獨白。
OL（overlap）	前一個畫面與後一個畫面重疊的場景轉換手法，或是一個人的台詞結束之前，銜接另一個人的台詞。
切入（畫面跳轉）	從一個場景過渡到另一個場景。
蒙太奇（montage）	將多個場景組合再一起，並在短時間內呈現出來的剪輯手法。

目錄

美貞的出走日記 006

第9集 011

第10集 069

第11集 127

第12集 185

演員訪談：金智媛 243

劇照 249

美貞的出走日記

出走同好會宗旨

1. 不假裝幸福

2. 不假裝不幸

3. 誠實以對

附註

1. 不給予建議

2. 不安慰對方

喜歡的人

仔細想想……

我沒有稱得上喜歡的人。

就算我曾說過喜歡對方，

其實也不是真的喜歡，

總會有失望、討厭、厭惡的部分，

而我只是選擇不露出破綻，假裝不在乎而已。

所以這世上不存在真正的伴侶，

如果我真的遇見喜歡的人，假設真的有那個人出現在我的生命裡，

我的人生會有所改變嗎？

如果真有能稱得上全心全意喜歡的人……

我總是感覺孤獨、被遺棄，疲倦不已的人生，

會有所不同嗎？

9

EPISODE

「我們長大後所建立的家庭……也會跟原生家庭……一模一樣嗎？」

1　建築物前（白天）

（從幼兒園搬出老舊櫃子，收納箱上貼著太陽班、水果班等名牌）卡車上是全新的櫃子。
濟浩與具先生兩人從車上搬下來一個大櫃子，
搬進建築物裡。

大樓二、三樓左右的高度有幼兒園的招牌。

2　建築物內階梯（白天）

濟浩與具先生扛著櫃子走上階梯，剛好有人下樓梯，兩人禮讓，那人看到兩人讓出的空間後走下樓梯。

3　幼兒園（白天）

兩人在女老師的指示下將櫃子放在指定位子，放好後具先生離開，濟浩將櫃子稍微往牆面靠攏。

4　建築物前（白天）

具先生將老舊的櫃子與收納箱放到卡車上，兩人站在車子兩邊，將繩子繫好。濟浩綁好繩子後離開，具先生發現繩子有破損，以戴著手套的手確認破損處，沒有放在心上……撇過頭後的具先生的視線落在某處。

具先生　！

視線落在寫著「今天將有好事降臨在你身上」的招牌上。

一塊橫書的招牌。

「是這裡嗎？還是恰好相同的字句呢？」

這時，身後傳來電車的聲音。

具先生馬上轉頭望去。（沒有實際的電車畫面也無妨）

具先生　！

「看來是這裡沒錯。」具先生心想，耳邊傳來電車行經的聲音。

他在疲憊狀態下突然精神為之一振，來到另一個世界的感覺，再次轉頭望向「今天將有好事降臨在你身上」。

濟浩提著裝了飲料的塑膠袋回到車上，

具先生也坐上駕駛座。

濟浩將塑膠袋打開，讓具先生方便拿取，同時拿出水，大口喝。

具先生發動引擎，轉動方向盤。

5　美貞公司前（白天）

電梯門打開，同事們與美貞開心地走出來，

秀珍與志希與同行的同事們聊天，

穿著無袖背心的志希手臂被曬黑了。

志希　我是不是曬得很醜？跟在太陽底下種田的人一樣？

女職員1　真正種田的人（美貞）可是很白的。

志希　（摸手臂突然驚呼）開始脫皮了。

秀珍　椰子蟹吃椰子長大就會甜嗎？（失望貌）不甜，一點都不甜。

6　工廠外觀（晚上）

工廠外頭停著卸完貨的卡車。

7　家・客廳與廚房（晚上）

濟浩與具先生在客廳的餐桌邊專心吃飯。

慧淑端著鍋子過來，吃力地彎腰坐下，替兩人盛鍋巴湯。

濟浩吃著鍋巴湯，慧淑也盛一碗給具先生，露出慈祥的眼神……

慧淑　多虧有你，我才比較輕鬆。

具先生　……（有些不明所以，但繼續吃飯）

慧淑　我想說自己實在無法跟著他到處奔波了，但又不知道該去何處找這個老頭中意的人……他可不是單純的吹毛求疵，如果可以直率一點表達不滿就算了，但只要一惹他不開心就直接叫人家走人。

濟浩　（專心吃飯）

慧淑　你們怎麼能不交談就這麼有默契？（濟浩不吭聲，只用眼神找東西，具先生都能馬上遞出）每次只要他一有動作，你就知道他想做什麼。我跟他生活了四十年都無法這麼有默契。還是你們上輩子是夫妻嗎？默契真是好。

濟浩似乎心裡不是滋味，拿著碗起身，

這時，昌熙喊著「我回來了」進門。

慧淑　回來得正好。（準備起身盛飯）先吃吧，吃完再洗澡。

昌熙將酒（類似傳統酒）放到具先生面前。

昌熙　我們公司的新商品，可以喝喝看。

昌熙回房間，具先生不為所動地繼續吃飯。

8　堂尾站前（晚上）

具先生站在車站對面，
美貞走出車站，兩人四目相交，美貞走向具先生。

9　村莊一角（晚上）

兩人緩緩走回家的身影……
美貞用吸管喝著在便利商店買的飲料……

美貞　天氣似乎轉涼了，幾天前傍晚還很悶熱……感覺只要回來這裡就像換了一個季節，在首爾的時候完全沒感覺。

兩人走著，這時具先生似乎看到某物，突然示意美貞走至另一邊。

具先生　走那邊。

美貞不明白，露出「路的兩邊不都一樣」的眼神，
但還是聽了具先生的話。

具先生 那裡有東西死了。（抬起下巴示意）

美貞 （望向該處）什麼東西？

具先生 鳥。

美貞邊走邊望向該處，隱約能見鳥的身影，

沒了氣息的鳥躺在路邊，白色的腹部朝上，美貞眉心微皺。

美貞 應該要幫牠翻身啊……

具先生（面露「難道要直接用手翻？」）

美貞 為什麼動物死亡的時候都會翻肚？跟人一樣。

具先生 ……

美貞 這種地方每天早上都會看到屍體，黃鼠狼吃到一半的鼠頭，或是掉進水桶溺死的松鼠……小時候最常看到青蛙的屍體，現在因為田比較少，不容易看到了。（停下腳步，望向草叢）以前家裡附近都是農田，青蛙一到晚上就會過馬路，從這邊的田跳到另一邊的田，一旦有車子經過的話……哐啷哐啷……就會聽見青蛙身體爆裂的聲音。

具先生擰起眉毛，美貞渾然不覺，繼續說：

美貞 （回想那些場景）安靜的半夜可以聽到哐啷哐啷……（大口吸飲料）早上就會看見青蛙皺得跟碎紙一樣，到處橫躺在地……

具先生（她到底在講什麼？）

美貞　可是我不懂為什麼青蛙都要晚上過馬路，是因為白天……腳會很燙嗎？（再度吸飲料）

美貞這時才看到具先生的表情。

美貞　？

具先生快步走至前方，美貞跟著他。

美貞　（E）以前如果沒有人要我說話我就不會開口講話，有誰會想聽我說話？（因為沒有人願意聽我說話）

10　美貞公司・幸福支援中心（白天）－回想

陷入思考的美貞。

美貞　可是……我現在只要想到什麼就會直接說出來，自然而然地……就會脫口而出。

香琪坐在對面，仔細聆聽。

美貞　然後……我會心生前所未有的感受。

香琪　？

美貞　（猶豫）突然覺得……自己很可愛。

美貞意識到自己講出難以啟齒的話，有些難為情，瞥向香琪。

11　村莊一角（晚上）

美貞喝著飲料，尷尬地跟著具先生，

具先生大步前進的背影。

具先生　喝飲料的時候為什麼要講這種事？

美貞　……

當具先生走得比較快時，美貞就快步跟上。

12　美貞公司・走廊（隔天早上）

美貞與同事們一起去員工餐廳，

用完餐的香琪和同事們迎面而來。

兩人眼神相交，擦身而過，

之後香琪回頭看美貞的背影，眼神帶著喜悅。

而美貞走著走著看到某人後震了一下！

她看到的是泰勳。

泰勳看到美貞的反應，明白她已經都知道了。

美貞欲言又止，泰勳對她淺笑。

泰勳 用餐愉快。

美貞 （點頭問候）

美貞轉頭看泰勳離去的身影。

13　餐廳前（白天）

琦貞擺出像闖禍狗兒般的表情，眼神左顧右盼，

振宇一臉訝異。

振宇 （指著琦貞打石膏的手）所以……（受傷了？）

琦貞 ……對。

振宇 （天哪！）還真勇敢。

琦貞 ……想要馬上跟他告白，但又有點害怕直接告白，所以想了被拒絕的對策……然後就變成這樣了。

振宇 ……（趣味盎然地看著）可是你看上去狀態還不錯？

琦貞 頂多偶爾想到會感到難為情這樣吧，只要趕快哼點歌就可以轉移注意力了。

振宇 真帥氣，好久沒看到這種運動家精神了。（打從心底佩服）

琦貞　（雙眼有神）老實說，你知道我為什麼沒有很沮喪嗎？因為對方的態度。理事長不是說過我會依男人的態度改變嗎，所以那天……

這時，餐廳裡一行人（金理事、李組長、素英）走出來，兩人見狀結束話題。

振宇　謝謝理事長。

琦貞　謝謝理事長。

金理事（整理信用卡與收據）不客氣……

振宇　我請各位喝咖啡，走吧。

14　琦貞公司一角（白天）

琦貞與振宇拿著外帶咖啡杯聊天。

琦貞　那天我因為太尷尬，所以把手機關了。

振宇　為什麼？怕他跟你聯絡？

琦貞　不是。（扭扭捏捏）是怕他連半則訊息也沒有。

振宇　（啊……原來）

琦貞　比起沒看到他的訊息，乾脆什麼都不知道還比較好，可是（突然睜大雙眼）我突然想到：「咦，我受傷了耶？」

15　家・姊妹房間（晚上）－回想

告白後的當晚，琦貞突然踢掉棉被坐起身，臉部因為哭泣而水腫。

琦貞　（E）「如果他不慰問我的話，還是個人嗎？況且我還是他姊的朋友，理當傳個訊息吧。」然後我趕快打開手機。

開機後隨即傳來提示音……

看到訊息，挺起上身。

「還好嗎？／有去醫院了嗎？／看來你應該關機了／有空時傳個訊息吧，我會擔心。」泰勳傳來訊息，鏡頭特寫琦貞的表情。

16　教會院子（白天）－回想

彌撒結束後，教友們走出來。泰勳與人們交談，幾名男性熱絡地握手，泰勳與他們對話。

許多人聚在一塊談話，熙善也在一旁談天，

宥林自建築物走出來，

泰勳與熙善見到宥林後趕緊跟上前。

泰勳　（E）我今天去了教會，雖然與許多人交談，但內心依然沉重。

17　中國餐廳（白天）—回想

泰勳、熙善、宥林在吃飯，景善姍姍來遲地入座，似乎才剛起床，頭髮凌亂，一坐下便拿起筷子吃糖醋肉。

景善　有幫我點炒碼麵嗎？

熙善　點好了。

景善　（看著正在吃炸醬麵的宥林）好吃嗎？（猶豫要不要吃一口）

特寫安靜吃飯的泰勳。

泰勳　（E）我冷靜回想過，與你相處時我總是格外快樂，你好像經常掛著笑容，當你問我小學時期欺負我的同學叫什麼名字時，讓我覺得很可靠。沒錯，我的行為的確會造成你的誤會，真的很抱歉，希望我們能繼續維持現在友好的關係。

#姊妹房間，星期日下午，琦貞看著訊息內容。

泰勳　（E）我想照之前答應你的約定，請你吃一頓飯，無論何時何地都可以，只要盡快即可，我等待你的回覆。

18　琦貞公司一角（白天）

振宇盯著琦貞的手機。

振宇　不是客套的內容，他是真心的呢。（遞出手機）

琦貞　（接過手機）就是啊，我原本怕得要死，怕他認為我瘋了，怎麼可以不顧一切就告白，我怕自己會被直接忽視。（看手機）結果……他的訊息這麼溫柔……我第一次被甩還收到這麼溫柔的訊息，讓人不禁一看再看……都要背起來了。

振宇　（指手機）因為他有上教會啊。

琦貞　啊……對喔……（雙手合十）其實我仔細反省過了，那些跟我告白後被罵的人……（看振宇的表情）我也有被告白過好嗎？我的行情沒那麼差。理事長有理事長的世界，我也有我的世界，無論哪個世界的男女都是相似的，告白、被甩、又哭又笑……總之，我對自己的傲慢感到懺悔，但勇於面對自己的心然後付諸行動，我認為自己做得很好。即使被甩，還是有學到東西……感覺看到一個人的品行。（急忙）不過我絕對沒有因此懷抱希望，真的，就只是……覺得自己學會了與人應對進退，感覺今年冬天以前應該可以談場戀愛了……

振宇 會談成的……

琦貞 （對眼）

振宇 真的……

琦貞 （因振宇的話心生期待）

19 豬排店前（白天）

昌熙與敏奎與兩位男性後輩正在排隊，

一行人在隊伍的最前方，後面還有五、六位排隊的人。

昌熙 驛三2號分店的店長從星期五開始就會換成鄭前輩的爸爸了。（望著）他會比女兒刁鑽，還是會比較好講話？

敏奎 （灰心）你別期待太高，你到現在還沒放棄嗎？

昌熙 （也對，我又期待過高了）

敏奎 這樣想比較快，既然店長都是她爸爸了，那麼她為了賺更多錢一定會積極地在店裡管東管西……你就放任她去吧，只要在乎你的業績就好。

昌熙 原本以為只要鄭前輩消失我就謝天謝地了，沒想到換來她爸，我的命運真悲慘。

眾人 （笑）

昌熙 我幾天前作了一個夢，夢見手背上有條水蛭，我甩掉牠，結果卻愈來愈多，最後手背全是水蛭……我在夢裡告訴自己……「我沒有血……我是塊木頭……」然後水蛭就全都掉了下來。

敏奎　你的夢還真詭異……

這時，雅凜的聲音從遠處傳來，她與女員工一同走來。
一行人趕緊降低音量，
談論著「你們不作夢嗎？我每天晚上都作三、四個夢」等等，
這時有客人用完餐走出餐廳。

昌熙　兩個兩個人入座吧。
後輩1　好的，前輩先用餐吧。

雅凜看到昌熙一行人。

雅凜　原來你們在這裡啊。

敏奎和另外兩名後輩尷尬地笑，
雅凜站在一行人面前。

雅凜　等很久了嗎？
敏奎　還好。

昌熙面露「現在到底什麼情況？」的表情，
餐廳員工正好走出來。

店員　現在有兩位的位子。

雅凜　（轉頭看他們）我們先可以嗎？

敏奎　（無奈，露出微笑）請吧。

雅凜　謝謝啦。

雅凜與女職員進入餐廳，昌熙憤怒難耐，
敏奎小心翼翼地看他的臉色。

昌熙　如果我現在去別地方吃飯……

敏奎　你就輸了……

昌熙　（忍耐）

敏奎　我是木頭……（企圖說服）

昌熙最後還是受不了，氣得大步離去。

敏奎　（朝兩名後輩說）你們待在這裡（追上前）。

20　昌熙公司・辦公室（白天）

雅凜刷完牙，對著鏡子整理儀容。

雅凜　那間豬排店的桌子真小，放完手機跟錢包後就沒有位子了，吃的時候也要這樣（聳肩）……吃得真緊張……

昌熙假裝沒聽到，專注打電腦⋯⋯

雅凜　廉代理吃了什麼？

昌熙　（打字，不想回應）

雅凜　我問你吃了什麼。

昌熙　（不轉頭，語氣冰冷）泡菜湯。

雅凜　朴家小館嗎？

雅凜　（惋惜）我原本也想吃泡菜湯。（責怪）你應該先跟我說啊，我就可以去了，看來今天那裡客人不多吧，因為你很早就回公司了。

昌熙　（不理睬，繼續工作）

雅凜　（試探）那你明天要吃什麼？

昌熙　我不知道明天要吃什麼。

雅凜　你明天不能也吃泡菜湯嗎？

昌熙　⋯⋯（轉頭）你喜歡我嗎？

雅凜　⋯⋯（看著）！

昌熙　不然你為什麼總是跟著我？

雅凜　誰跟著你了？你也太自戀了吧，真是可笑。

昌熙　我才覺得你可笑，我既不是你的僕人也不是你男朋友，為什麼要幫你排隊？

雅凜　我有要你幫我排隊嗎？我只是問問，連問都不行？

昌熙　問一個今天已經吃泡菜湯的人明天可不可以也吃泡菜湯，不就是要他幫自己排隊嗎？用餐時間對上班族而言是一天裡最大的快樂，我為什麼要因為你而搞砸這份快樂？我們又不是什麼特別的關係。

雅凜感到荒唐而說不出一句話，
兩人的對話讓辦公室陷入尷尬的寂靜。

昌熙　那前輩你願意明天先幫我排隊嗎？我明天想吃平壤涼麵，你要幫我去藥山涼麵店排隊嗎？

雅凜　！

昌熙　前輩你憑什麼叫別人去做自己絕對不會做的事情？

雅凜　（吃驚）

昌熙　（繼續打字）

雅凜　不是啊，你幹嘛這樣？（支支吾吾）我的意思是，如果你明天想吃泡菜湯就可以一起去啊，有必要反應這麼大嗎？

昌熙　……（快要爆發，忍住憤怒）我就說我不知道明天要吃什麼了。

雅凜　……（說不出話）

21　道路一角（白天）

#卡車在路上行進，捆綁廢材的繩子感覺隨時會斷裂。
#具先生開車，濟浩坐在副駕駛座看著設計圖（A4大小，親手繪製）。

路面不平，經過顛簸處時繩子應聲斷裂，

廢材掉落在馬路上，發出巨響！

後方的車子趕緊閃避，

具先生與濟浩聽到聲音轉頭查看車後的狀況。

濟浩 停車！

卡車緊急停在半路。

濟浩與具先生下車，廢材大約掉落在二十至三十公尺處，後方車輛閃爍警示燈，紛紛慢下速度。

鏡頭切換，濟浩從最遠處的廢材開始收拾，然後指揮車輛避開，具先生則是撿拾路上的廢材，這時聚集了許多等候的車輛。

#因前方狀況而停下來的白社長座車。

白社長（身穿高爾夫服裝）坐在後座操作手機，

聽到緊急煞車聲。

白社長 怎麼了？

杉植 好像有車禍。

杉植想往前插隊，

白社長的車移動至前方。

白社長再次低頭看手機，

車子經過正在指揮的濟浩身邊，

離具先生愈來愈近……這時白社長突然抬頭。

白社長　！

具先生扛著廢材，旁邊是緩緩前進的白社長座車。

白社長（雙眼盯著具先生）喂、喂、喂、喂。

杉植　社長？

#具先生將廢材丟進卡車，轉頭後停止動作。

白社長下車，兩眼直盯著具先生。

白社長（凝視後確定）是你吧？

具先生　！

白社長　你……在這裡幹嘛？

杉植也下車，看到具先生後低頭致意。

濟浩指揮到一半，看到卡車邊的兩人，

察覺到兩人之間異常的氛圍。

22　廢材回收場（白天）

濟浩獨自把廢材扛下車，喘口氣，

一想到具先生便覺得有不好的預感，

然後將卡車的後車廂闔上，坐上駕駛座。

23　戶外桌椅（白天）

（咖啡廳或餐廳的戶外區）具先生與白社長相對而坐。

白社長眼神挑釁。

白社長　今天很奇怪，球打得很順手，我還在訝異怎麼會有這種好日子……沒想到真的有這種走運的時候，像是竟然能在路上看到不知是死是活、消失在人間的具子敬。

具先生（輕蔑）

白社長（打量具先生全身）你在幹嘛？裝模作樣？裝得一副失魂落魄？

具先生（嗤之以鼻）裝模作樣，我為什麼要表現得失魂落魄？

這傢伙！白社長氣得怒瞪具先生。

白社長　世界上哪有人明明自己的女人死了，打電話後第一句話先問對方是不是在開車，還要我先把車子停好……淨講些有的沒的。

具先生　……

白社長　我還以為是我老婆死了，但分明死的是你女人。

具先生　……

白社長 這傢伙在演戲啊……這麼想找死嗎……

具先生 ……！

24　國道邊（白天）

車子在身邊高速駛過……

具先生面無表情地走在路上……

不知從何時就開始走……

沒有手機與錢包……

特寫……

白社長（E）聽說你飼養的狗死掉時你可是哭得痛不欲生，好幾天都雙眼浮腫。那換作一個人死掉呢？況且還是你的女人。

〔INS. 回到上一幕的戶外桌椅……〕

白社長 你怎麼一滴眼淚也沒掉？怎麼能這麼沒血沒淚？

具先生（泰然自若）你不知道她有多煩人吧？也對，畢竟是你妹妹。

鏡頭回到現在的具先生，雙眼無神、四肢無力地走著。

身後太陽已經下山，不斷走著。

25　昏暗的具先生家（晚上）

從美貞家望向未開燈的具先生家。

26　家・客廳與廚房（晚上）

濟浩邊喝水邊看向具先生的家，看來具先生尚未回家，面露擔憂。

慧淑坐在地上挑著一籃子的地瓜。

慧淑　（不知發生何事）真是幸好沒有發生事故。

濟浩　（將水杯拿去流理台隨意沖水）

慧淑　明天把繩子換掉吧……（自言自語）如果沒有具先生該怎麼辦？

濟浩放下水杯，望向窗外。

#具先生正往家裡走。

濟浩鬆了口氣。

27　具先生家（晚上）

具先生大口喝水，累癱在椅子上，表情虛脫，大口呼氣，望向昌熙送的酒。

起身倒酒喝，

然後再度雙眼發直，整個人很疲憊。

28　車站附近的便利商店（晚上）

美貞拿起酒瓶細讀標籤。

店員經過她身後，瞄了一眼，美貞很專心，沒注意到店員的舉動，店員指向白酒區。

店員　他有時候也會買這支酒。（說完便離開）

美貞　！

美貞心想：「店員知道我要替誰買酒嗎？」

店員安靜地在櫃台工作。

美貞走到店員指示的貨架前。

店員　（在櫃台整理物品）他幾歲？

美貞　！（轉頭）

店員　（望向美貞，親切）他是哪裡人？

29　具先生家（晚上）

具先生的坐姿與上一場戲相同，只不過酒瓶已空，美貞在爐子上烤魷魚乾。

美貞　因為對方一直問……我就隨便回答了「他三十八歲，首爾人」。然後我怕店員會繼續問我你的名字，具子哲、具子勝、具子敬……

具先生　！

美貞　我就一直想「子」後面可以接什麼，結果店員沒有問名字。（看著具先生）我猜對了嗎？「子」這個字。我想說應該是「子」，不然就是「本」，兩個其中一個。

具先生面無表情，看到美貞望向自己趕緊喝下一口酒。
美貞察覺到不對勁，
把烤好的魷魚放在桌上，站著。

美貞　感覺你很累。

具先生（疲憊地深呼吸）我走了十公里……

美貞　為什麼？

具先生（眼神冷漠，思考該不該現在坦承……）

美貞　（感覺不對勁）

具先生（迴避）因為沒帶錢包。

美貞　……（雖然覺得奇怪，但沒有追問）那你休息吧。

30　村莊一角（晚上）

美貞走出具先生家，回頭一望，

走回家，心裡有疙瘩。

31　家．廚房與客廳（晚上）

琦貞從浴室洗完澡走出來，美貞說著「我回來了」進屋，

慧淑在川燙地瓜莖。

慧淑　晚餐吃了嗎？

美貞　吃飽了。（準備進房）

慧淑　你怎麼從具先生家裡出來？

美貞　！

正要走回房的琦貞也嚇到，

慧淑仍川燙著地瓜莖，感覺只是隨口問問。

慧淑　他要你幫他買酒嗎？

美貞　（猶豫）就……跟他聊天……

慧淑　聊什麼？

琦貞走回房間，

慧淑轉頭看美貞，

原本只是隨口問問，但看到美貞說不出話而感到奇怪。

慧淑 你怎麼……不說話？

美貞 ……我們在交往。

慧淑 ！

#在房裡的琦貞也訝異地探頭望向客廳。

#美貞尷尬地走回房間。

慧淑愣住……轉身朝向流理台，

又再度回頭……心情複雜，不好也不壞。

#臥房內，濟浩不知道有沒有聽見，就只是坐在電視前。

32 餐廳外觀（晚上）

餐廳招牌：「光化門一街」。

33 餐廳（晚上）

昌熙、敏奎、男子1（與第五集的男子1為同一人）三人喝酒，

男子1雙眼迷茫，已經喝醉。

昌熙 她有成千上萬件能讓我忙到頭髮發白的事情……但我竟

然因為吃午餐這種事情發飆……

男子1　你怎麼出來喝酒大概有八成都在講鄭雅凜的事？她又不是你女朋友。

昌熙　我也不想啊。（緊接）她得先消失我才能停止講啊……

敏奎　別擔心，你升到課長就見不到她了，只剩幾天而已。

昌熙　……那也要我能升才行啊。

敏奎　反正一定是你們兩個其中之一。

昌熙　等到可以擺脫鄭雅凜的那天，你們不要攔我，我一定要把她罵得狗血淋頭，好好挫一挫她的銳氣，讓她知道自己有多糟糕。

敏奎　算我一份。

昌熙　我幫你立個紀念碑，就放在堂尾站前。（乾杯）

男子1　要罵就罵，但是廉昌熙，你怎麼就這麼討厭鄭雅凜……也要自己想一下吧。

昌熙　（揮手）這需要思考嗎？難道你不討厭她？

男子1　你不是普通地討厭她耶，是超級討厭的那種。

昌熙　因為她實在很討人厭啊！

男子1　我們頂多覺得「這女人好煩！」這樣而已。

昌熙　那你們坐在那個煩女人旁邊試試看，待在她身邊聽她一整天發牢騷試試看，那女人根本不是人，貪心得要死，整天開口閉口都是沒營養的東西。

昌熙愈來愈不悅，男子1原本想住口，但又忍不住……

男子1　……如果鄭雅凜沒錢，你還會這麼討厭她嗎？

昌熙　（心想這傢伙在說什麼？）

男子1　如果她出生平凡人家，只是個平凡的女人……你還會看她不順眼？

昌熙　（受打擊，先隱忍）

男子1　你誠實面對自己比較好……

昌熙　（聽見「誠實」馬上頓住）我不誠實嗎？你說說看，我是難搞的人嗎？我才是那個難搞的人嗎？不管那個女人有錢還是沒錢，都很討人厭。

男子1　我的意思是——

敏奎　別說了。

男子1　我的意思是，你其實也像鄭雅凜一樣有野心，只是沒有表現出來而已。世界上有那麼多有野心的人，你幹嘛執著於鄭雅凜一個人？

昌熙　我當然要討厭認識的人啊，難道要去討厭不認識的人？

男子1　我是說！你不要否認自己的野心，誠實地展現出來！如果你變成有錢人的話，就不會討厭鄭雅凜了。

昌熙　（忍住）如果我有錢哪會討厭別人？什麼都有了何必這樣？你到底在講什麼……（接續）如果我真的變成有錢人，可能只會討厭她一點點，一點點而已。

氣氛變差，

昌熙將椅子往後推，起身去洗手間。

男子1　……我有說錯話嗎？

敏奎　（默認，安靜地替男子1倒酒）

男子1　當然要跟他說真話啊，朋友之間不能說嗎？

34　光化門前（晚上）

傳來車子行經的聲音，

昌熙看起來比先前更醉，無力地抬頭，

眼前是威風凜凜的李舜臣的銅像。

他感覺與浩瀚的歷史對視，

就在他望得出神時——

敏奎　（E）走吧。

敏奎吆喝昌熙離開，昌熙看起來很疲憊，

猶豫一下後，轉往敏奎的方向，眼神持續盯著銅像，然後才走過去。

昌熙與敏奎走路的背影。

昌熙　一個男人的人生……又不是要拯救國家的人……就這麼抬不起頭……

兩人的背影……

35　工廠（隔天，白天）

濟浩汗流浹背，具先生也辛勞地工作中，慧淑戴著草帽，手臂套有袖套，安靜地端著冰咖啡與碗走進廠房，正準備要去田裡工作，腰上掛有許多工具。濟浩關掉機器，擦汗，大口喝下冰咖啡。

慧淑動身前往田裡，途中看到卡車。

慧淑　繩子還沒換嗎？

濟／具　……

濟浩與具先生在各自的崗位擦汗，喘氣，沒有回答的力氣，慧淑離開。

鏡頭跳轉，兩人休息中，
門外一片明亮，
片刻後——

濟浩　只有我這樣過活，很多做流理台的師傅也開著進口車去打高爾夫，只要持續做也可以很風光的。（期盼具先生留下來）

具先生　……

兩人沉默，

具先生幾分鐘後起身拿起車鑰匙。

具先生 我去買繩子。（離開）

具先生坐上卡車，

濟浩看著卡車離開。

36 村莊一角（白天）

具先生默默地開車駛離村莊……

37 美貞公司．辦公室（白天）

美貞專心看著電腦……這時筆掉到地上，

撿筆時瞥見地板，

腳邊有一片假指甲。

美貞 感覺……不論什麼東西，只要掉在地板上都很奇怪。

志希聽見，跟著美貞一起看向地板。

美貞 就只是……一片美甲，怎麼好像看到一具女屍？

志希　（看著美甲，又望向美貞）好可怕……

美貞　這是誰的？

志希　不知道。（用腳將美甲踢去一旁）

志希再度工作，美貞也是。

38　都市一角（晚上）

琦貞與媛熙走在路上，媛熙嘟噥著。

媛熙　難得去趟百貨公司，搞得我心情好差，她們有什麼了不起？為什麼要笑成那樣？讓我一個人畏畏縮縮的？

琦貞　下次我們一起去吧。

媛熙　想說去買支唇膏……結果……

39　紅綠燈前（晚上）

琦貞與媛熙等待紅綠燈，

對面的電子廣告看板顯示鮮花盛開的廣告，廣告裡眾多美麗的花迅速綻放，呈現夢幻的氛圍。

兩人看得發愣，開口說話，但像是靈魂出竅，只有嘴巴在動。

媛熙　我為什麼會討厭那些成群結伴在百貨公司買東西的女人？

琦貞　因為她們是去花錢的，勢必有老公、小孩了。（而我們沒有）

媛熙　……我想要在那些女人面前買她們買不起的高級衣服，讓她們羨慕，我也想擁有可以穿上性感衣服的身材。

琦貞　……比起那種女人，我更厭惡一家四口的家庭，跟銅牆鐵壁一樣。

媛熙　……不過我們也有原生家庭啊。

琦貞　我們家絕對不可能一起出門，瘋了吧？在家裡看到彼此已經夠煩了。（直盯著廣告面板）我們長大後所建立的家庭……也會跟原生家庭……一模一樣嗎？

這時，綠燈亮起，兩人將視線移開廣告看板，過馬路。

媛熙　一樣啦，一樣，可是我們依然渴望建立家庭，這就是人類愚蠢的地方。

40　道路一角（晚上）

幾名家長與熙善在路邊，黃色校車駛近，
熙善滿臉笑容地迎接宥林，
並與其他家長和孩子說著「再見」道別。

孩子們也向長輩們鞠躬道別，

熙善道別完後隨即說話。

熙善　要不要姑姑幫你拿（包包）？

宥林　不用。（走在前方）

熙善　姑姑炸了好吃的魷魚。

宥林　（沉默走著）

41　安靜的巷弄（晚上）

兩人並列走在巷弄間。

熙善　姑姑從圖書館把你要讀的書都借好了。

宥林　……

熙善　很累吧？

宥林　……（視線不動）為什麼姑姑你每句話都要加「姑姑」？

熙善　……我怕其他人誤會我是你媽媽，你會心情不好。

宥林　……？

熙善　因為你媽媽更漂亮啊。

宥林　……！

42　泰勳家（晚上）

宥林坐在電視前面吃炸魷魚。

熙善在廚房收拾。泰勳剛洗完澡，頭髮還有水氣，手上拿著毛巾與換洗衣物走向洗衣機。景善已醉，卻裝作沒醉的樣子坐在沙發上，茫然地盯著宥林。

景善　好吃嗎？

宥林　（不在乎，繼續吃）

景善　你有姑姑真好，可以做好吃的東西給你，哪像姑姑的姑姑……（作勢要抱怨）

泰勳　醉了就回房吧。

景善憤怒地瞪著泰勳，然後朝宥林說：

景善　你啊，也只有姑姑了，你的大姑姑跟二姑姑……已經沒有想當女人了，但是你爸……還是個男人。

泰勳一臉狐疑地看著景善，

景善跟泰勳四目相交，然後唾棄一笑。

景善　臭小子，我都知道。

泰勳　！（該不會景善都知道自己跟琦貞的事了？）

景善　那個女人要你買香奈兒嗎？你這傢伙連一根香奈兒的唇

膏都沒有送過我們。

泰勳　！（到底在講什麼……）

景善　臭小子，我看到你的後車廂了。

泰勳　（鬆一口氣，感到無語）袋子是香奈兒就代表裡面的東西一定是香奈兒嗎？裡面是裝工具好嗎？

景善　（因醉意而身體不穩，同時感到尷尬）

熙善　回你房間啦！

景善　他一定在外面有女人了。

熙善　（對望）

景善　他總是盯著手機，還一直變換解鎖圖形，原本根本不鎖手機的。（看著無法回答的泰勳）我就說吧，那傢伙有女人了！看看你的手機就知道，臭小子！

熙善　（打景善的頭）

眾人　！

熙善　我說過不要罵髒話了，對一個父親……

宥林收拾桌面，泰勳也轉身離去。

景善　（哭鬧）那我呢？我呢？我還是人家的姑姑，都快要四十歲的女人了。

43　泰勳房間（晚上）

泰勳心情不好，遲疑片刻後解鎖手機，點進與琦貞的聊天室，思考該從哪裡開始刪除……從泰勳發送的訊息「還好嗎？」開始點擊，一則則刪除，然後是琦貞的訊息：「嗯，我沒事，不用擔心／太好了，我原本怕你傷得很重……／沒事的／我有拿到摩托車騎士的電話……（泰勳的訊息）他說你們認識……／對，他是我弟的朋友，所以某種程度也算認識……／啊……原來如此。（泰勳的訊息）今天好好休息／嗯，你也是。（隔天是泰勳的長文，以及琦貞的回覆）你人真好，這麼關心我。（感動的表情）嗯，之後再好好吃個飯吧。（附帶如琦貞般可愛的表情符號）」點擊以上這些後全數刪除。

泰勳把手機丟到床上，視線落在超脫樂團的專輯……

44　具先生家（晚上）

具先生將手放在口袋，呆愣地望著窗外，

美貞在流理台洗葡萄，然後說話。

美貞　我也曾經在公車的窗戶邊看過指甲，真的好奇怪，這種東西不在該有的位子上時都變得好詭異。（思考）躺在地上的鳥……吊在樹上的人……

具先生（想起「墜落在花園裡的女人」……）

美貞　（突然）田裡的狗也很奇怪。（轉頭望向具先生）你今天怎麼沒喝酒？

具先生　⋯⋯

具先生不吭聲，走到沙發坐下，

另一頭，具先生的手機收到多則訊息。

文字訊息為：「臭傢伙，為什麼不接電話！」

再度震動，「聽說你跟白社長見面了？怎麼回事啊，臭小子！」

美貞拿著裝了葡萄的盤子靠近餐桌，拿起具先生的手機給他，

具先生頓了一下後接過手機（不看螢幕，直接放在桌上）。

美貞　！

具先生　⋯⋯

美貞　為什麼不看？

具先生　（冷漠）不需要。

美貞　⋯⋯你今天也很累嗎？

具先生　⋯⋯（用難以言喻的微笑看著美貞）

美貞　怎麼了？

具先生　⋯⋯（轉移視線）你跟他們說我們在交往？

美貞　對。

具先生　何必說？我說不定隨時會離開。

美貞　⋯⋯！

具先生　⋯⋯（望著）明明可以瞞著大家就好了。

美貞　……交往或分手又不是什麼大不了的事，為什麼要遮遮掩掩？

具先生　！

具先生轉移視線，

美貞坐在桌邊。

美貞　我吃幾顆就走。

具先生　……

美貞　這段時間內如果你有想說的話就說。（不要故作冷漠，有話直說）

美貞吃起葡萄，具先生盯著她。

美貞又吃一顆葡萄。

具先生　以前……

美貞　！（終於開始了，他要說什麼呢？）

具先生　我在電視上看過，美國有一處有名的自殺懸崖，有記者去訪問從那裡跳下去卻沒死的人。大家都這樣說，等墜落到三分之二時，那些折磨到想讓你一死了之的事情都會煙消雲散。

美貞　！

具先生　短短幾秒鐘前，那些事情明明像是必須死了才能了結……結果一跳下去，幾秒鐘後……那些事根本不算什麼了……

美貞　（這是什麼意思？）

具先生　所以……我告訴她這件事……（笑著）

美貞　？

具先生　……（已經厭倦提起這些事，光是開口都吃力，深吸一口氣）我告訴已經厭倦活著的人這件事……去做心理諮詢就像從懸崖跳下三分之二那樣，我要她去找心理醫師……（望向美貞，淺笑）結果……她就這樣跳樓了。

美貞　！

具先生看著其他地方，
片刻後，美貞好不容易開口。

美貞　誰？

具先生　……（不在意）曾經一起同居的女人。

美貞　……！！

〔INS. 戶外餐桌（白天）－回想〕

白社長　你這傢伙……是你要她去死的……對一個已經情緒不穩的人……叫她了結自己的生命……

具先生　……

再次回到現在的具先生與美貞。

具先生 沒錯，我就是教唆她去死。

美貞 ！

具先生 看著那令人厭倦的女人，真的讓我好煩……

美貞不知該做何反應，表情僵硬。

具先生毫不在乎地苦笑。

具先生 如果你不想要，我會停止。

美貞 ！

具先生 我是指崇拜，要收回也可以。

美貞 ！

兩人對望，美貞轉移視線。

如同靜止畫面的美貞擺出冷酷的表情。

美貞 你什麼時候崇拜過我？

具先生 ！

45 村莊一角（晚上）

美貞緩緩走回家的背影，

停下腳步，

不回頭，繼續走。

46　家・姊妹房間（晚上）

漆黑的房間，美貞用棉被包裹著頭躺著，

雙眼在漆黑中發光，帶著恐懼與衝擊。

47　具先生家（晚上）

具先生已經喝了許多酒，表情放鬆。

〔INS. 戶外餐桌（白天）－回想〕

白社長　果然人是你殺的，但就算要告你也告不成，畢竟你只是動動嘴皮子就把一個人推下去了，當然告不成。那該怎麼辦？看來只好殺掉你了。

具先生（不畏懼，僅是乾笑）我從沒躲藏，我一直都開著門等你，但你從未出現，只是把我的公司搞得一團亂後就消失了，說要幫妹妹報仇根本就只是說說而已……

鏡頭回到現在，具先生瞄了一眼手機又丟出去，

視線落在美貞洗的葡萄上。

深呼吸後露出淺淺一笑……像是看著遙遠的未來……

不想把事情變得更複雜。

48　家・昌熙房間（晚上）

昌熙趴睡。

〔INS. 夢境，李舜臣的銅像威風凜凜地佇立在前方，銅像突然拔刀衝過來。〕

昌熙突然睜開眼，維持趴睡的姿勢。

49　昌熙公司外面（隔天，白天）

50　昌熙公司（白天）

昌熙沒有打字，專注地盯著螢幕，

或許因為夢的關係，神情緊張，不知道是好兆頭還是壞兆頭。

江組長　你們兩人昨天有沒有作好夢？

雅凜　早上九點公佈不就好了嗎？哪有人下午五點才說，這麼吊人胃口。

江組長　如果一早就公佈，還有心情工作嗎？

雅凜　（大聲）組長的意思是我失敗了嗎？

江組長（皺眉）不管有沒有晉升都會影響心情。

雅凜　（生氣）

江組長（對昌熙說）不論結果如何，晚餐一起喝一杯吧。

昌熙　……好。（冷靜）

51　美貞公司・辦公室（白天）

美貞看著手機，點開與賢雅的聊天室。

「今天晚上有空嗎？／可以一起吃個晚餐。」

賢雅一直未讀，美貞撥打電話，

對方沒有接聽。

52　賢雅租屋的公寓（白天）

#美貞走進賢雅的公寓。

#美貞走下樓梯後停止，裡頭傳來聲音。

男子　（E）你跟我說已經要睡了，結果跟那傢伙過夜才回家？

賢雅　（E）我真的已經睡了！是睡著後接到電話才出去的，你要我說幾次？

男子　（E，憤怒）為什麼都睡了還要出門！而且還是前男友？

53　賢雅租屋處（白天）

賢雅以防禦的姿勢縮在房間一角，男子憤怒地站著。

賢雅　他生病那麼嚴重，我怎麼能置之不理？

男子　你瘋了？前男友生病你幹嘛管？

賢雅　對！就算分手我也會去找他！就算跟你分手，如果你生病了我也會去，就算是前前前前男友也一樣，就算是十年前分手的男友我也會去！

男子　所以你就這樣照顧他一整夜？

賢雅　（委屈）一個生病的人是能做什麼！！

男子開始丟東西，大吼大叫，賢雅抱著頭閃避。

54　賢雅租屋的公寓（白天）

#美貞小心翼翼地轉身。

美貞的背影，加上房間內激烈的爭吵聲。

#美貞逃亡似地快步走出公寓。

55　都市一角（晚上）

美貞眼睛直盯著地面，面無表情。

56　餐廳（晚上）

琦貞喝醉，一臉茫然地喝著酒。

琦貞　明明沒事了，為什麼今天的心情跟昨天不一樣？

媛熙　⋯⋯因為你喝酒了。

琦貞　⋯⋯我總是想起他的話，他說雙親過世時彷彿失去了雙臂。我好像把一個想擺脫軟弱的男人丟棄了⋯⋯心情好差。（憤怒）是我被甩耶！為什麼感覺像是我拋棄人家？真受不了，這到底是怎麼回事？是我被拋棄吧！我才是被拒絕的人耶！

琦貞凝視他處⋯⋯

琦貞　這裡離他家只有五百公尺⋯⋯

講完後呆滯，
然後突然收拾包包起身。

琦貞　走吧！（起身）

媛熙　（一震）去哪兒？

琦貞　回家。

57　餐廳前（晚上）

#琦貞快步走出來，

媛熙跟在她身後。

媛熙　等我啊。

琦貞　（快步）

媛熙　你不去洗手間嗎？

琦貞　（頭也不回）

#琦貞獨自大步行走的模樣。

琦貞　（E）逃走吧，逃走吧……我帶著這樣的心情。

58　行進的電車（晚上）

琦貞帶著醉意坐在電車裡。

琦貞　（E）我趕緊搭上電車，明明可憐的人是我……為什麼你顯得那麼可憐……曹泰勳！倒不如光明正大一點……這樣我才不會過意不去……求你了……厚臉皮一點吧……（大聲）廉琦貞！你可是被甩的女人，別忘了，到底在可憐誰啊！

琦貞自言自語，上半身不停扭動，
坐在一旁看手機的男子瞄了她一眼。

59　都市屋頂（晚上）

昌熙從容地將手靠在欄杆上，欣賞夜景，
香菸的霧氣從頭上竄升，帶著夢幻般的氛圍。

60　戶外公園或江邊（晚上）

美貞坐在類似階梯的地方，讀著某物。
筆記本隨風翻頁，外面寫著「我的出走日記」。
美貞不想被負面情緒淹沒，專注於其他事，一陣風吹來，將頭髮吹亂，筆記本也被翻亂……

61　具先生家（晚上）

具先生躺在沙發上呆望天花板，
桌上有兩、三瓶燒酒。
他吃力地起身倒酒，卻倒不了半杯，
喝完後發呆，不知該做什麼，也不想去買酒。
然後似乎停電了，電燈熄滅，冰箱也停止運轉，
電源全部關閉的聲音。

具先生　！

不知道是整個村莊停電還是只有家中停電，他打算起身查看，
突然有一道聲音傳來……
他深呼吸……豎起神經，走往廚房的窗邊，看向外頭……
這時！玄關門突然被大力拉開，皮鞋聲喀噔喀噔地傳來。
具先生急忙拉開廚房抽屜，胡亂抓了一把刀！
那名男子踩著皮鞋快速穿越客廳，衝向廁所，然後砰地一聲把門關上，正當具先生困惑時，聽到嘩啦啦的聲音。
然後聽見昌熙「啊……」的嘆息聲。
具先生搞清楚狀況，默唸了一句髒話，
這時電器恢復正常，電燈閃爍後亮起，
具先生瞪著廁所的方向，
劇烈的心跳難以平息。
畫面跳轉，傳來沖馬桶的聲音。

昌熙無力地從廁所走出來，癱倒在沙發上。

兩眼濕潤，像是即將離世的人一般帶著溫和的微笑，靜靜地望著具先生，具先生已經放下戒備。

昌熙　剛停電了？

具先生（瘋子……轉頭）

昌熙　我……很喜歡這種感覺……全部排乾淨後，感覺身心舒暢……內褲沒有弄髒，而且活下來了……

具先生（瘋子……）

昌熙　我今天很想拉肚子……一下子灌完兩杯拿鐵……但是肚子一整天都沒有感覺……結果下班搭車的時候突然……我一直告訴自己可以撐到家……可以撐到家……好不容易到家後……看到爸爸進了浴室……什麼！！然後就告訴自己我可以撐到你家……我可以的……（停頓，燦笑）不過……你家有免治馬桶耶？感覺屁股好乾爽，舒服得要飛上天……我們家是傳統的浴廁……早上三個人要上班，浴室卻只有一間……你真是我的夢想，自己獨居還有免治馬桶。

具先生　……（緊張尚未鬆懈）

昌熙　你怎麼在生氣？

具先生　……

昌熙　被我嚇到了吧……對不起……

具先生　……

昌熙　我們兩個……都沒有升遷……無論是我還是那個我很討

厭的女人……我們都沒有成功……又要再看她的嘴臉一年……（雙眼黯淡無光）科學證實同性相吸……（呆滯，猶如自言自語）我為什麼無法擺脫這裡？（再度露出溫和的微笑）原本我好像被困住了……但現在爽快解放後……好像找到出口了……雖然升遷失敗，但內褲沒有弄髒，今天也好好活下來了……（笑）

具先生 ……（真受不了）

昌熙 這麼小聲地說話……感覺……我們很親近……

具先生（馬上轉頭望向昌熙）

昌熙 同性相吸……那我們聚在一起是為了什麼呢？

具先生 ……

具先生想要閃避話題。

電車行駛的聲音與女子高喊「下車！」的聲音。

62 行駛的電車（晚上）－回想，冬天

（車窗外飄雪）具先生在打盹，突然被驚醒，

電車停止，他四處張望，急忙下車。

63 堂尾站（晚上）－回想，冬天

天空下著大雪，電車駛離，具先生有些神智不清，左顧右盼，
然後看見「堂尾站」的招牌，這才發現下錯站，
這時，階梯上傳來聲音。

站務員（E）末班車離開囉！

具先生翻找口袋，發現手機掉了！

64　行駛的電車（晚上）－回想，冬天

手機掉在座位上，
收到訊息後震動。

「烏耳島站1號出口」「哥到哪裡了？」來自杉植的文字。

65　堂尾站前（晚上）－回想，冬天

大雪，具先生站在寒風中等計程車。
看手錶，已經遲到，一臉不悅。
另一邊有一名喝得很醉的男子蹲在地上，一旁站著一名女子，
兩人穿得很厚重，戴著帽子，看不見臉龐。具先生用埋怨的眼
神望向兩人，是他們讓他誤會該下車了，然後看到計程車駛近

後舉手。

具先生搭上計程車離開，這時那名女子正好露出臉，是美貞。

她喊著「起來！」一邊攙扶著昌熙，但昌熙一動也不動。

66　烏耳島站（晚上）－回想

「烏耳島站」的招牌。

一群人似乎撲了空，從車站走出來，

走向白社長。

一名男子將具先生的手機（從車上拿的）遞給白社長，

白社長接過手機，嘴上罵「該死的……」，

具先生在不遠處的計程車上看見這一幕，

原來是陷阱！

白社長（E）誰洩密的？那天誰叫你提早下車的？

〔INS. 戶外餐桌（白天）－回想〕

白社長　誰告訴你的？

具先生（陷入思考，露出神祕的微笑，心裡想著美貞）

67　村莊一角（晚上）

現在（前往買酒）穿著拖鞋往車站走去的具先生。

具先生的身影。

68　村莊一角（白天）－回想

來到這裡生活大約一個月後，

天空飄著雪花，具先生略顯疲倦，提著買來的燒酒走回家，

盯著地上，意識到有人經過，

就在這時！

美貞　（E）就說了不是！

具先生聽到這個聲音停了下來，

跟「下車」是同樣的嗓音，

他轉頭一望，看見昌熙與美貞鬥嘴的背影。

「原來就是那個女人……」他一直盯著，眼神有些苦澀。

美貞走到一半也回頭，

兩人對視，美貞繼續走，

具先生仍然盯著……

69　村莊一角（晚上）

#現在，走在那條路上的具先生，

公車駛近。

#公車經過具先生，美貞在公車上看到具先生！轉頭看他……

然後呆望前方……

#具先生依舊走著。

然而，在具先生身後，有一個人影走上前。

#美貞加快腳步走向具先生。

10

EPISODE

「我仍然覺得你很不錯，所以我們繼續吧，繼續走下去看看吧。」

1　村莊一角（晚上）

往車站方向走去的具先生，
對面有一輛公車駛近，
公車經過具先生，裡面的美貞看到具先生，稍微轉頭盯著他。
具先生繼續走，不遠處美貞走過來，
面無表情地朝具先生走去。

2　車站附近（晚上）

具先生已經快到車站附近，經過公共電話亭，走向便利商店。
那支公共電話，寒冬時具先生曾經握著它，
前輩（賢振）盛怒的聲音從話筒中傳來……

3　五光十色的夜店（白天）－回想，冬天

開店前的夜店，前輩（賢振）神情緊繃地左顧右盼，邊低聲講電話邊往辦公室走去，正在工作的下屬們露出「這傢伙幹嘛來這裡？」的表情，緩緩讓步。

賢振　只有我們私吞？他就沒有分一杯羹？他比我們吞的還要多！他一定是打算把我們拉下水，然後自己獨吞。申會

長怎麼可能不知道，怎麼可能坐視不管？

〔INS. 申會長把帳簿丟出去，用平和的笑容朝白社長說：「你自己看著辦。」（深怕給這個假裝忠誠的人潑冷水會被反咬一口）〕
特寫申會長的表情。

賢振　（E）申會長一定在等。

4　五光十色的夜店・辦公室（白天）—回想，冬天

賢振一邊把藏匿在各處的錢裝進包包，一邊通話。

賢振　會長在等我們把白社長那傢伙除掉。我們上吧，一起把他除掉！

5　車站附近（白天）—回想，冬天

具先生站在公共電話亭，像隻病倒的公雞，低垂著頭。

具先生　哥……

停頓片刻。

具先生 我……一點力氣也沒有……

語畢後雙腿失去力氣，再次艱難地站穩。

6 村莊一角（晚上）

美貞停下腳步，陷入思考，
以銳利的眼神望向四周……看到不遠處的便利商店。

美貞 （E）這是你每次要跟女生分手時拿來當武器的話吧？「跟我同居的女人死了，是我害死她的。」

美貞內心想著「這個可惡的傢伙，怎麼可以這樣說話？」，想買罐酒，然後不再追究，所以在另一邊的巷子等待具先生。不過具先生沒有出現，她探頭往便利商店的方向一看，沒有任何人影，她猶豫片刻後往便利商店走去。

7 車站附近的便利商店（晚上）

美貞在便利商店外探頭探腦。
店員看到美貞，指向（家）反方向，
面露「他走另一邊耶？」的訝異神情。

美貞點頭示意，往店員所指的方向走去，

一路尋找具先生，

然後突然想到他可能在哪裡，快步走去。

8　村莊一角（晚上）

四周全是田地，

美貞走在沒有路燈的巷弄。

9　寬廣的田地（晚上）

田中央有三隻豎起耳朵的白狗，

另一頭，具先生在田裡撕開香腸的外袋，因為太醉，搖搖晃晃，一旁有塑膠袋與吃到一半的下酒菜，他似乎又比剛才更醉了一些。具先生拿著香腸，野狗擺出警戒的姿勢，彷彿隨時會攻擊，最後，具先生背對野狗坐下……想用牙齒咬開包裝，這時野狗們突然加速往前衝，具先生渾然不覺。

就在此時！美貞丟出包包，朝著野狗大吼，快速衝過去。她亂拿地上的東西一股腦地往野狗身上丟，不停大吼大叫，揮舞雙手。

具先生　！

原先衝向具先生的野狗們改變方向，依然不放棄，嘴裡不停咆哮。具先生雖然喝醉，也大致明白現在的狀況。

美貞　這些⋯⋯臭野狗！（逼近）還不快滾？該死⋯⋯

美貞快速拿走具先生手中的香腸，往野狗的方向丟。

具先生　！

美貞擋在具先生面前，嘴裡罵出髒話⋯⋯

具先生露出訝異的表情⋯⋯

美貞　（轉頭看向具先生）我就說這裡都是野狗了！

具先生　！

10　附近（晚上）

漆黑的夜晚，唯有塑膠袋與拖鞋的聲音，

具先生提著塑膠袋，

美貞手拿一根木棒，警戒四方，確認野狗沒有跟來，她走在具先生的後方，具先生轉頭。

美貞　！

具先生　你總是……把情況搞得更複雜。

美貞　？

具先生　今天被咬掉手……明天被咬掉鼻子……不幸應該分成階段式地降臨……但你總是阻止……讓不幸變得更巨大。所以每當你阻止時我都很害怕……又要變嚴重了……之後的不幸會有多可怕呢……

美貞　！

美貞沒有動搖，望著具先生，
具先生再度搖搖晃晃地走著，
夜空上有無數閃耀的星星，兩人在路上行走，
鏡頭拍攝兩人的身影。

具先生（E）你……要丟掉本能才行……你要去城市裡把本能磨損完才行，這樣才不會總說些青蛙會爆掉的事情。女人就是要煞有其事地說那些無聊又膚淺的話，無聊透頂……然後……讓男人厭倦……仍保有本能的女人很可怕……

具先生停下腳步，轉頭看美貞。

具先生　你……很可怕……（你不覺得？）

具先生再度行走，

美貞低頭，下定決心忍受屈辱，
眼神透露出堅毅的韌性。
具先生累得停下，坐在路邊的突起物上，
似乎很艱辛才走到這裡，
眼神既可憐又無力，像是躺上家裡的床那樣躺下，
宛如躺在床上深呼吸，
睜眼看著似乎撒上銀粉的夜空，靜靜地看著……

具先生（這樣的天空既可怕又陌生）住在這種地方……你就無法丟掉本能……

夜空下，具先生躺在地上，
美貞站在不遠處，
具先生凝視著夜空，
這時卡車駛近，停下，一道開門聲，然後——

昌熙　（E）唉唷……你喝真多。

具先生躺在地上的身影旁，出現昌熙的臉，兩人從不同的方向躺下，具先生醉得根本不知道一旁是誰，昌熙也凝視著夜空，然後拿起手機拍下兩人的模樣。

昌熙　這麼親密的時刻一定要拍起來……

昌熙拍了幾張照片，心滿意足地欣賞夜空，兩人表情寧靜。

昌熙　哥……如今……我們也是一起看星星的關係了……

美貞　……（冷酷地看兩人）起來。

畫面跳轉，卡車的門關上後出發。

夜空下，卡車漸行漸遠，彷彿往宇宙出發的太空船，

夢幻的氛圍。

11　昌熙公司外觀（白天）

12　昌熙辦公室（白天）

昌熙坐在位子上，用手機通話。

昌熙　（溫和理性的語氣）山浦市政府對吧？您好，我是住在昆達洞748-6的居民，往昆達水庫的路上有幾隻很兇的野狗。

這時，「新品培訓要開始了！」的聲音自背景傳來。

昌熙　（急促）對，往昆達水庫的路上。

員工紛紛起身前往會議室，

五、六名組長走至另一間會議室，員工們陸續走進會議室，敏奎也進去，雅凜一臉乏味地走進去，昌熙跟在後面，江組長看著兩人。

畫面跳轉。

全體員工進入會議室，另一頭的會議室僅有部長與組長們。

江組長 隨著新人報到，代理們是否也該替換一下？我們組的鄭代理跟廉代理可能要分開比較好……

部長 怎麼？他們處不來嗎？

江組長（確實如此）廉代理管理的地區內有鄭代理父親的店……再加上兩人都沒有升遷成功……氣氛越來越差。

組長1 誰想要鄭代理……廉代理要過來當然沒問題。

組長2 我也願意接受廉代理。

江組長（我才不想交出廉代理）

13 昌熙公司．會議室（白天）

〔INS. 介紹新產品的影片，主持人以電視購物的口吻介紹新品，復古的瓶身，品名為「秀酌」。（E）「最近很流行復古，我們也把這股風潮帶進酒類，這是我們與××酒品公司共同合作的新品，十六．九度，口感滑順，入口清香，燒酒界的名作「秀酌」。（舉杯

湊近鼻子）香氣也很棒，從聞香這一步就能讓人愛上的味道。」〕

昌熙看著影片，似乎很喜歡，默唸「秀酌……」，展現出一副安然自得的樣子，與江組長所擔心的模樣有所不同。

畫面跳轉。

燈光打亮，桌上擺放許多燒酒，眾人在試飲，雅凜雙臂交叉，昌熙喝了一口，發出「哦……」，雙眼睜大，敏奎覺得他的反應很誇張，詫異地望著昌熙，昌熙又喝一口，笑著發出讚嘆。

員工　（E）大家各帶一瓶回去吧。

昌熙　（舉手，開朗）我可以帶兩罐嗎？

14　工廠前（白天）

一輛車身寫著「山浦市廳」的卡車，慧淑與兩名職員對話。

慧淑　唉唷，怎麼抓不到？

職員　那些狗只要一看到我們就往山裡跑，牠們都認得出119的車子跟我們的車子，所以都會待在田中央，方便逃竄。

慧淑　不能用麻醉槍嗎？

職員　麻醉槍也要距離夠近才可以使用，這麼遠根本打不到。

15　工廠（白天）

濟浩與具先生揮灑汗水工作，聽見外頭的對話，
濟浩喝著（慧淑榨的）冰涼西瓜汁，
具先生也過來喝西瓜汁。

慧淑　（E）你們每次都只放誘捕籠，牠們又不會進去，一點用都沒有，野狗根本不會靠近。牠們白天還不會出現，一到晚上就會出來找吃的，這裡每到晚上就很黑，只有那些眼睛閃閃發亮⋯⋯我還以為是狼⋯⋯

鏡頭拍攝具先生的表情。

慧淑　（E）我最怕孩子們回家遇到那些狗。
職員　（E）先放一個禮拜看看，如果牠們再不進去，我們會叫專家過來。（車子發動的聲音）偶爾也可以去看看有沒有抓到。
慧淑　（E）就說了牠們根本不會上當的，辛苦了喔。

16　工廠＋工廠前（白天）

車子離去，
濟浩與具先生繼續工作，

慧淑在工廠前整理，然後停下動作望向某處。
那個方向有一輛高級轎車朝工廠駛近，
慧淑心生疑惑，為什麼這種鄉下會有高級轎車。

#從車子裡望出去：「山浦洗手槽」的招牌、「山浦洗手槽」的卡車，車內的人似乎衝著這裡而來。
就在轎車開過工廠時，
工作中的具先生剛好經過門邊，
駕駛座的杉植與具先生四目相交！
杉植驚覺被發現……可惡，嘴裡默唸髒話。
轎車經過後，慧淑繼續工作，
具先生看似繼續工作，但表情出現異樣。

17　鮪魚生魚片店（傍晚）

昌熙所屬的組別，大約十人左右，陸續入座，昌熙在包廂外講電話：「你過來一下，我有東西要給你，好。」
江組長朝一旁的員工（男）低聲幾句，該名員工回答「好」，然後安靜地坐到雅凜旁邊（雅凜的另一邊已經有人），但男員工坐下後才發現自己忘記拿外套，再度起身去拿，結果昌熙一進包廂就坐到那個空位上！
江組長慢了一拍才發現昌熙坐在雅凜身邊！
那名男員工不知該如何是好，望向江祖長，低聲問：「怎麼辦？」

昌熙這才看到該名員工不知所措的樣子。

昌熙　（正要起身）啊，這裡是你的位子嗎？

員工　沒有，沒事的。

員工坐到其他位子，

江組長用詫異的眼神看著昌熙，昌熙似乎毫不在乎，雅凜也沒有多說什麼，這時，鮪魚生魚片上桌，昌熙一看到馬上雙眼發亮，發出讚嘆。

江組長（舉杯）來吧，大家看要喝什麼，先把杯子裝滿。（等候大家）乾杯。

眾人　乾杯！（喝光後放下杯子）開動！

昌熙開心地撕開海苔包裝。

雅凜　現在還有人用海苔包鮪魚啊？（把眼前的海苔丟給左邊的人）拿去。

江組長一聽，馬上望向昌熙，昌熙也輕微一震。

江組長　大家就依自己喜歡的方式吃吧。

雅凜　（瞄一眼昌熙）你是沒吃過高級鮪魚吧。

江組長 這也沒有那麼高級啦，（朝昌熙說）吃吧。

昌熙 （咀嚼）那麼……該怎麼吃才好吃？（真心好奇）

江組長 ！（吃驚）

雅凜 （我竟然要教這傢伙吃東西，冰冷地說）要先看部位，這裡的油脂很多，所以只要加一點芥末就好。

昌熙點頭，挾起些許芥末，放進嘴裡品嚐，江組長露出「這小子怎麼了？」的表情，昌熙則是專心品嚐味道，發出讚嘆。

18 都市一角（傍晚）

美貞跟賢雅走著，

美貞帶著微笑，一瞥一瞥地望向戴著深色太陽眼鏡的賢雅。

賢雅 都說了我請客，你怎麼只想吃冷蕎麥麵，吃點其他的啊，我有的是錢。

美貞 我想吃冷蕎麥麵啊。（偷看賢雅）

賢雅 至少也點個壽司吧。

美貞 （回以微笑，又看向賢雅）

賢雅 你幹嘛一直偷看我？怕我被打？

美貞 （淺笑，迴避問題）

賢雅 （拿下墨鏡，展現沒有傷疤的眼睛）只是造型啦。

賢雅再度戴上眼鏡，美貞露出微笑。

19　餐廳（晚上）

賢雅跟男朋友傳訊息，然後朝美貞說話。

賢雅　我們曾經在那傢伙家裡大吵一架，那小子很愛斤斤計較，就算生氣也只會挑便宜的東西砸，像是一千韓元、兩千韓元的馬克杯，結果竟然來我家亂搞一通？還把壁紙撕破！我家最貴的就是那面壁紙，退租的時候如果用髒壁紙就要支付五十萬韓元，（再度用手機）五十萬韓元……膽敢不給我就死定了……等著瞧……小心被我告。（放下手機，吃飯）

美貞　這次你打幾分？

賢雅　（思考）十……五分？（嗯）還不錯。（認真）

美貞　為什麼有十五分？他打你又外遇耶。

賢雅　（嗯）因為他不會狡辯。我抓到他外遇的時候，馬上就結結巴巴地跟我道歉。

美貞　（嗯……）

賢雅　只要被抓到錯誤就會變笨，像隻闖禍的小狗。畢竟有太多人就算自己有錯在先，也不願意低頭。

美貞　（淺笑）

賢雅　（試探）廉美貞，那你的男友幾分？

美貞　超過十五分，因為他也不會狡辯。

賢雅　嗯……然後呢？

美貞　……（笑而不答）

賢雅　不會狡辯然後呢？

美貞　（笑）如果你看到他應該會嚇到，會以為是我從首爾站撿來的流浪漢。

賢雅　……（直盯）看來他很不簡單喔。

美貞　……（專心吃）

20　咖啡店（晚上）

美貞跟賢雅欣賞夜景……

美貞　我很可怕嗎？

賢雅　（望向她）

美貞　那個人說我很可怕。

賢雅　看來……他被你看穿了。

美貞　……（似乎是如此）

賢雅　叫他乖乖就範吧，害怕的時候就要服從，這些傢伙……每次一害怕就想逃跑。

美貞　……他確實有些問題。（所以才想逃跑）

賢雅　……但我們什麼時候在乎過這些？如果可以針對一個人列出一千種厭惡的理由，那麼也可以列出一千種愛上對方的理由。你看看廉昌熙就知道了，他連鄭雅凜戴墨鏡都有意見，明明我也會戴啊。墨鏡可以是愛我的一千種理由，也可以是討厭鄭雅凜的一千種理由。（結論）所以列出理由根本沒意義，就只是每個人想愛、想恨的藉口。

美貞　……（微笑）

21　鮪魚生魚片店前（晚上）

美貞收起剛才開心的神色，擺出無奈。

美貞　我到了。

馬上掛斷電話，
面無表情地看著路上的情侶，
昌熙氣喘吁吁地拿著紙袋出來。

昌熙　（從紙袋裡拿出燒酒）這瓶酒真的很不錯，我想要趕快給哥品嚐，但我今天會晚回家……

美貞　（在昌熙講完話前就拿過紙袋，直接離開）

昌熙　（朝美貞的背影說）一定要說是我送的喔。

昌熙轉身回到餐廳，
美貞面無表情地走著。

22　餐廳外景（晚上）

琦貞與大約十名同事在聚餐，

琦貞在使用手機。

23　餐廳（晚上）

傳完訊息的琦貞像洩了氣一樣放下手機。

琦貞　（邊吃）我妹要回家了，我只能搭電車了。

素英　可以跟你弟一起回家啊。

琦貞　（雞皮疙瘩）我才不跟那傢伙一起搭計程車，太煩人了。

坐在一旁的李組長看著琦貞。

李組長　組長為什麼每次都要講電車？很像老人。

琦貞　（？）電車就電車啊，不然要叫什麼？

李組長　大家不都講地下鐵嗎？

琦貞　……電車在京畿道又不走地下，沒事幹嘛挖地，反正地上也沒東西。

李組長　別把自己住京畿道的事講出來，就說地下鐵就好了。

琦貞　但是我確實住在京畿道啊。

氣氛尷尬，這時琦貞的手機響起，她望向螢幕。

琦貞　！

拿著手機急忙衝到外面。
（琦貞一旁空出位子，振宇不在位子上，琦貞的石膏已拆，只剩繃帶）

24　餐廳前（晚上）

琦貞邊開門邊說：

琦貞　（緊張）喂？

振宇也在一旁講電話，吃飯吃到一半出來的模樣。

25　熙善的店＋餐廳前（晚上）

景善看著用保麗龍箱子裝的章魚（保麗龍箱裡鋪有塑膠袋，似乎剛送達）一邊講電話。

景善　你在幹嘛？下班了嗎？

琦貞　（她怎麼會打給我？）下班了。

#廚房裡，泰勳與宥林剛好回家，清洗雙手，熙善拿著玉米和西瓜到餐廳。

景善　要回家了？

琦貞　還沒，我在外面，公司有聚餐。

景善　在哪裡？（聽）那在附近耶，要不要吃章魚？你不是喜歡章魚？

熙善　明明就是自己想吃……想找誰當藉口……

泰勳與宥林也來到餐廳。

景善　（回想）還是我記錯了？總之趕快來吧，很新鮮的，我聽說泰勳不是要請你吃飯？

泰勳　！！

泰勳終於明白電話另一頭的人是誰，熙善也是，宥林也知道，三人不說話。

景善　來吧，我姊很會料理章魚，這麼新鮮一定超好吃，快來喔。（掛斷電話，朝熙善說）可以煮啦，琦貞說要來，而這個人（泰勳）會付錢。

泰勳　我想請她吃好一點的東西，你怎麼叫她來這裡？

景善　章魚已經很不錯了，你要請她吃什麼山珍海味？只不過幫你去附近拿張唱片罷了，有必要嗎？結帳就交給你啦。

宥林拿起書包，沉默地上樓，
景善跟在後面，拿著一盤玉米，朝熙善說：

景善　我是替你招攬客人喔。
泰勳　⋯⋯（為難）

26　餐廳（晚上）

振宇與琦貞坐在位子上，琦貞表情呆滯⋯⋯

振宇　怎麼了？
琦貞　突然⋯⋯要我過去⋯⋯
振宇　？
琦貞　（看著振宇）說要請客⋯⋯
振宇　（嚇到）那個男的？

眾人詫異，大家來回看著振宇和琦貞。

琦貞　（在意眾人的眼神）不是，是他姊，是我朋友。
振宇　？

琦貞　我朋友打給我，說他弟要請客……這下……該去還是不該去……

OL，琦貞視線落在手機上，雙眼睜大，急忙跑了出去，感覺想在安靜的地方接聽電話，因此倉促離開位子，結果膝蓋撞到椅子，痛得差點大叫，趕緊用手摀住嘴巴。

琦貞　（沉著）喂？

27　泰勳房間＋餐廳前（晚上）

這是兩人在琦貞告白後第一次通話，
兩人都相當尷尬。

泰勳　我姊想吃章魚，所以沒問我就直接打給你了，你不用在意。

琦貞　啊……

泰勳　……

琦貞　（躊躇）那……我……就不去了嗎？

泰勳　……因為太過突然，我覺得很不好意思，我原本想要請你吃好一點的餐廳，今天只是在我家……

琦貞　啊，上面是你家嗎？（難道我今天會進到他家？）

泰勳　不是，是我姊的餐廳……（由於形同自家廚房）

琦貞　喔……我可以去啊。（想去一探究竟）

28　餐廳前（晚上）

琦貞急急忙忙收拾包包，走出餐廳，振宇也趕過來。

振宇　很近嗎？

琦貞　在美食街後面，大概走路三分鐘。（語畢）怎麼辦，只有三分鐘，太近了，我好緊張。

振宇　慢慢走，從容地過去。

琦貞　（深呼吸）好，我現在要爬過另一座山了，我要跟甩掉我的男人首次見面！

振宇　加油。

琦貞　加油。

#餐廳內，恩菲看著兩人，
振宇用燦爛的笑臉與琦貞道別。
#餐廳前，琦貞開心地離開，振宇站在她身後。

29　泰勳家・客廳（晚上）

宥林坐在桌邊，功課擺在前方，但視線望向別處。景善換過衣服，經過她身邊。

宥林 （不看她）我不喜歡那個阿姨。

景善 （看著）為什麼？她是我的朋友耶。

宥林 ⋯⋯

景善 你討厭我朋友嗎？

宥林 ⋯⋯

30 熙善的店（晚上）

從門口望去，沒有任何客人，泰勳面對廚房，背對大門站著。

他用布擦拭杯子，有些緊張，想著等下該如何迎接琦貞。

這時，傳來開門聲，泰勳轉頭。

琦貞雖然尷尬，卻笑得很燦爛，泰勳也是。

泰勳 歡迎光臨。（慢動作特寫泰勳的表情⋯⋯）

琦貞 你好。（一樣慢動作特寫⋯⋯）

這時，熙善從廚房探出頭來。

熙善 你來了啊！

琦貞 你好。

熙善 坐吧，正好今天沒有客人，我們自己喝一杯。

泰勳　請坐。

琦貞　（坐下）景善呢？

泰勳　等會兒就下來了，你吃飽了嗎？

琦貞　吃飽了。

泰勳　要喝什麼酒？

琦貞　啤酒……（緊接）還要一瓶燒酒。

泰勳　燒啤，很不錯的選擇。

泰勳準備酒瓶與酒杯，以及幾樣簡單的小菜，
琦貞凝視泰勳的背影，感到很懷念，
當泰勳轉過頭時，她趕緊迴避視線。

泰勳　（將杯盤放到桌上）我原本想請你吃好一點的……

琦貞　這裡也很好，我也喜歡章魚。

泰勳　要幫你混酒嗎？

琦貞　好啊。（看著泰勳）我吸收酒精很快，如果混酒喝只要十分鐘就會醉了喔。

泰勳倒酒，琦貞看著他倒酒，兩人陷入沉默。

泰勳　我是真的打算帶你去好一點的地方……

琦貞　這裡真的很好，真的……

重複相同的話題，

泰勳將酒杯放到琦貞面前，然後舉起自己的杯子，

琦貞也舉杯，略顯尷尬。

琦貞　（羞澀）一口乾？

兩人緩緩乾杯喝光。

琦貞　好的，現在開始十分鐘，我就會（不尷尬）醉了喔。（語畢後有些難為情）……！

泰勳　……（一邊混酒）十分鐘……那很快呢。

琦貞看著混酒的泰勳，有點尷尬。

琦貞　謝謝你。

泰勳　！（突然就要切入主題了？）

琦貞　真的很感謝你……我好像越過了一座山……好像很順利，都是託你的福。

泰勳　？

琦貞　我的面前原本有一座山，越過後感覺產生了勇氣，就像「別逃避，一步一步面對……」，我今天也……跨過我內心難為情的那一道關卡……

泰勳　（OL）有什麼好難為情的？我才要向你道謝。

琦貞　……

泰勳　……謝謝你特地過來一趟。（舉杯，作勢乾杯）

兩人乾杯。

琦貞　（放下杯子）好喔，現在喝了兩杯燒啤，接下來會變得很興奮了喔！

泰勳　（淺笑，心想真是開朗的女人）

31　村莊一角（晚上）

美貞提著紙袋，在叉路猶豫要回家還是要去具先生家，最後走向具先生家。

32　具先生家（晚上）

具先生坐著，美貞站著將酒放到桌上。

美貞　我哥叫我拿來的。

替哥哥送完酒的美貞照理要離開，卻待在原地看著一臉不在乎的具先生，
具先生也回望美貞。

美貞　我不是找藉口過來，是我哥真的要我轉交給你。

具先生　我知道，他有傳訊息。

美貞　！

兩人再度陷入沉默，具先生只是自顧自地喝酒，沒有邀請美貞坐下。

美貞　你沒有話要對我說嗎？

具先生　……（輕微乾笑）怎麼？你開始跟那些煩人的女人說一樣的話了。

美貞　！

具先生　還是要我道歉？

美貞　！

具先生　有什麼想說的就說。

美貞　！

具先生　女人們總像是被託付了什麼責任似地，動不動就來討東西，難道我有欠你什麼嗎？

美貞　！

具先生　（乾杯）人生就是這樣，身處幸福時就會突然被捅一刀……你以為會一直幸福快樂嗎……

原本沒有特別反應的美貞，突然眼神銳利地盯著具先生。

美貞　（非常小聲）神經病……（幾乎只聽得見「神」字）

具先生　（！……）

美貞　有人向你討鑽石了嗎？

具先生　鑽石還比較容易，崇拜是什麼，我一點都搞不清楚。

美貞　（用眼神訓斥）已經下定決心要被野狗咬掉手臂的傢伙，難道用那雙手擁抱女人這麼難嗎？

具先生　！

美貞　咬牙熬過痛苦看起來比較厲害，跟女人甜甜蜜蜜過活就索然無味嗎？

具先生　！

美貞　到底哪個比較難？被野狗咬掉手臂跟鼻子，還是善待喜歡的女人？到底哪個比較困難？

具先生　！

美貞　在你眼裡，我是連借出去的錢都討不回來的傻子……那你又好到哪裡去……

具先生（什麼……）

具先生發愣，耳邊傳來關門的聲響。

他感到難以置信，苦笑，沒想到美貞會這麼說。

33　村莊一角（晚上）

大步走回家的美貞。

34　熙善的店・大樓階梯（晚上）

景善走下來，眼神看來非常不悅，
一樓的店裡傳來開心的聊天聲。

35　熙善的店（晚上）

琦貞、泰勳、熙善，三人聊得不亦樂乎，琦貞似乎有些醉意，「泰勳是山浦國中畢業，高中才來首爾。」琦貞驚呼說弟弟也是山浦國中畢業，公司就在附近，大概現在也在附近喝酒。另外兩人邀約琦貞的弟弟過來一起喝酒，但琦貞相當抗拒，說不想跟他一起搭計程車……
這時，景善已經來到一樓，但眼神盯著地板，望了一眼旁邊的東西，不想走到桌邊，過了一陣子熙善才發現她。

熙善　你怎麼現在才下來？
琦貞　（揮舞雙手）你來啦。
景善　（眼神凶狠地看了一眼琦貞，然後又望向他處，隱忍）
熙善　趕快過來，你不是吵著要吃？

泰勳起身拿餐巾，景善則慢慢走至他的位子，
泰勳只好坐到琦貞旁邊，琦貞有點羞澀。

景善　（臭臉）你的手怎麼了？

琦貞　啊⋯⋯受了點傷。

景善　（想喝啤酒，但沒有酒，朝泰勳說）喂，單親爸爸，不想被槍打的話，還不去拿酒來？

琦／泰　！！

熙善　（低聲但嚴厲）我說過要你注意講話態度了吧？

景善　（看著琦貞）你講話注意點，小心被我姊修理。

琦／泰　！

熙善　⋯⋯你在說什麼？

泰勳　（低聲，試圖阻止景善）今天是我邀請客人的場合。

熙善　（感到有點奇怪）

景善　（委屈）那時，宥林生日那天。

泰勳　（忍住怒氣）那時候我們還不認識，她只是在一旁烤肉時說的，而我們剛好在旁邊所以聽見，那之後她道歉了好幾次，她也說想跟宥林道歉，是我阻止她的。

熙善大概知道發生什麼事，
就在氣氛尷尬時——

熙善　（突然起身）啊，我還沒關火。（衝去廚房，然後半路向三人解釋）我是真的忘記喔。（再次衝去廚房）

三人尷尬，泰勳起身拿啤酒過來，
熙善從廚房出來，四人再度陷入寂靜。

琦貞　（朝熙善說）對不起。（朝景善說）對不起。

泰勳　不用再道歉了。

熙善　對啊，在不知道的情況下沒關係的，喝吧。

就在看似沒事時——

景善　我姊跟我，已經下定決心要照顧宥林到我們成為化石了，她媽媽……已經跟其他男人……共組家庭……

泰勳　（受不了）

景善　甚至還生了孩子，所以為了不讓宥林再度承受那種傷害，我跟我姊到死為止，都不會愛上別人，要一心一意對待宥林……成為化石……我人生的使命就這一項……

琦貞　……（彷彿成為千古罪人）

景善　他（泰勳）不會成為化石……他有女人。

琦貞　（發愣）……

泰勳　（受不了）我說了沒有。

琦貞　（眼神流露驚慌，想知道答案）

泰勳　（朝琦貞說）沒有，我真的沒有其他女人。

景善與熙善覺得泰勳的反應有些奇怪。

景善　怎麼回事？你為什麼要特地再跟她澄清？

泰／琦　！

景善　說啊？你喜歡琦貞？

泰勳　（快瘋）

琦貞　是我……

泰勳　（該不會？）

琦貞　向他告白後……被甩了……

熙善跟景善面露訝異與狐疑，眾人沉默，

特寫四人的尷尬氣氛。

36　泰勳家（晚上）

宥林待在家，景善先走進屋內，後面跟著熙善與泰勳。

景善　（意氣風發地朝宥林說）我們贏了。

熙善瞪景善，泰勳覺得受不了。

景善　（以棒球主播的口吻）曹泰勳，好球！！

熙善　你真是。

泰勳　（看著景善）我們聊聊。

景善　（快速坐在宥林身邊）我才不聽你的，臭傢伙。（熙善雙眼如火，趕快揮手）我不去……

景善看著泰勳，一手搭在宥林的椅子後，

她知道宥林在的時候，泰勳不會隨意動怒，
泰勳發自內心感到鬱悶。

37　行進的電車（晚上）

幾乎沒有乘客，琦貞將頭往一邊靠，動也不動，表情看不出悲傷，就只是呆望著前方。

38　都市景觀（隔天，白天）

39　餐廳（白天）

敏奎獨自坐在餐廳，爾後舉起手，
江組長進入餐廳，朝敏奎那桌看。

江組長　昌熙呢？
敏奎　他去市廳一趟，馬上就到，鄭前輩的爸爸好像拜託他去做什麼事情。
江組長　要去市廳不是應該自己去嗎？怎麼會叫總公司的職員幫他跑腿？（直接）這件事我只告訴你，我想把鄭雅凜跟廉昌熙分開，但沒有人想要接手鄭代理，要不要乾脆讓昌熙去你那組，然後你過來？

敏奎 我……搬去鄭前輩的……旁邊？

江組長 對。

敏奎 這……（為難苦笑）

江組長 不想嗎？說不定你們處得來啊。

敏奎 這……我認為可以再觀察一下，昌熙最近好像狀態還不錯，像他這次去市廳跑腿也沒有抱怨，甚至還笑著去。如果是以前他一定會抱怨連連，沒想到剛才就簡單說一句「我去一趟喔！」，甚至還帶著微笑。

江組長 他最近的確不太一樣對不對？是談戀愛了嗎？

敏奎 （歪頭）應該……不是吧……

這時昌熙頂著滿頭大汗，但一臉開心地進來。

敏奎 （趕緊招呼）這裡。

昌熙 （低頭朝江組長打招呼）抱歉，我來晚了。

江組長 沒關係，我也剛到而已，你很餓了吧？要吃什麼？（幫昌熙搧風）

昌熙 （用衣服搧風，看著牆壁上的菜單）我要吃**。

敏奎 那我也是。

江組長 不好意思，**來三份！

40　咖啡廳（白天）

取餐震動器擺在前方，昌熙和敏奎站在旁邊。

敏奎　你最近是怎麼了？應該不是有女人了吧？

昌熙　（掛著微笑）

敏奎　不打算說？

昌熙　……我不久前因為急著上廁所，差點要死了。

敏奎　（怎麼突然講這個？）

昌熙　我趕在快要拉出來之前衝到附近的大哥家。

敏奎　在你爸工廠工作的那位嗎？你說他跑步很帥的那個人。

昌熙　沒錯，他真的很帥。（接續）我因為太急了，連燈都來不及開，結果當時好像也停電。

41　具先生家．洗手間（晚上）－回想

秒針在漆黑中轉動的聲音，突然復電的聲音。

昌熙　（E）我待在馬桶上……四周一片漆黑……但我注意到屁股附近有光。

昌熙往下一看，有一處藍色的亮光。

昌熙　（E）結果是免治馬桶，那個哥哥，竟然用免治馬桶……對啊……他一定是個曾經風光的人……他……一定很有背景……我的直覺很準。

在黑暗中望向前方。

昌熙　（E）不過我看到前面……

黑暗中逐漸鮮明的車鑰匙，
昌熙坐在馬桶上，看得出神。

昌熙　（E）那是……我一直渴望的勞斯萊斯車鑰匙……

昌熙起身拿起鑰匙。

昌熙　（E）我盯著鑰匙……頓時明白他這一生……他從人生的巔峰跌落……曾經的他，是可以把這種車鑰匙到處亂放的人……根本就是我的救世主……！

昌熙在漆黑的宇宙間，捧著發光的車鑰匙。

42　公園（白天）

昌熙與敏奎拿著冷飲。

昌熙　我很奇怪地總是想親近他，沒來由地，是來自靈魂的召喚嗎⋯⋯「靠近他，昌熙！討好他，昌熙！」我真的去討好他了，雖然我本來就擅長⋯⋯但我真的二話不說就不斷巴結他，我甚至不知道他的年紀，直接開口就叫他哥哥！你不覺得我很厲害嗎？我的動物本能？

敏奎　（無奈）

昌熙　他也很喜歡我，（結論）如果我問：「哥，那輛車，那輛你毫不在乎的車，借我開吧？」他百分之百會借我開。（喝飲料）

敏奎　如果他只有鑰匙呢？

昌熙　（稍微停頓，遲疑）你一定是想打擊我，我懂。（吸飲料）

43　行進的社區公車（晚上）

昌熙下班，坐在窗邊。

昌熙　（E）自從那天之後，我再也聽不見鄭前輩的聲音了，她無法對我神聖的心情造成任何損害。之前我為了不討厭她，做了一堆冥想、唸了一堆經文，一點用都沒有，還

以為討厭一個人是千軍萬馬都無法挽救的事情了⋯⋯結果，真的不是單靠一人之力就可以釋懷的呢。（欣慰的笑容）

44　具先生家洗手間（晚上）

昌熙看著放在原位的車鑰匙，用毛巾或衛生紙包住，
小心翼翼的姿態，像是在捧起剛孵化的雞蛋。

昌熙　（E）我每天早晚都會去他的廁所看一眼，看鑰匙還在不在⋯⋯

45　具先生家（晚上）

具先生坐在沙發，雙眼盯著洗手間，
昌熙走出洗手間，伴隨著沖水聲。

昌熙　（將包包揹在一邊）謝謝哥。
具先生（不回答，喝著昌熙給的酒）
昌熙　（睜大雙眼）這款酒不錯吧？
具先生⋯⋯（不回應，不看昌熙）
昌熙　⋯⋯你早點休息。（走出門）

46　昌熙房間（晚上）

昌熙躺在床上，面帶笑容望著天花板，

然後——

昌熙　（E）……他得趕快跟我妹和好，這樣我才能開口啊。（唉呀……扭動身軀）美貞……我相信你……趕快加把勁……

47　蒙太奇（隔天，白天）

#堂尾站，電車從遠處駛近，

美貞站在月台，電車緩緩開入月台。

#行進中的電車，美貞面無表情地望著「今天將有好事降臨在你身上」。

#首爾，美貞隨著人潮一同下車。

美貞　（E）不管你叫什麼名字，就算你是連續殺人魔還是外星人，我都不在乎，那又怎樣。

48　工廠（白天）

#具先生在工廠看著手機，收到美貞的訊息。

美貞　（E）我仍然覺得你很不錯，所以我們繼續吧，繼續走下去看看吧。

#慧淑在庭院處理食材，在茄子的尾部劃十字，裝進籃裡。具先生從工廠裡走出來休息，看著鄉村生活的一切。

49　村莊・公車站（白天）—回想早上

（回想）美貞站在公車站⋯⋯風吹亂頭髮，
忽然回頭看具先生的家，面露著急與心疼。

美貞　（E）早上的風⋯⋯變冷了。

50　琦貞公司一角（白天）

琦貞猶如罪人般站在恩菲面前。

恩菲　我無法理解為什麼要找異性商討男女之間的問題，那不應該是女生跟男生分開討論的嗎？男女之間討論那種事……很像……一種藉口，或是刻意的花招。

琦貞 ……！（羞愧，尷尬）

恩菲 ……是我太小題大作了嗎？

琦貞 不會。（稍微吸鼻子）對不起……你說得沒錯，我不會狡辯……我真的沒臉見你……（啜泣）

恩菲 ……希望你可以站在我的立場思考，你總是跟朴理事兩個人待在一起……這樣一來……大家也會用異樣眼光看我，會猜測「他們是不是分手了……」。

琦貞 ……真是對不起，我之後會注意的。

啜泣越來越明顯，快哭出來。

想到昨天的傷心事，眼眶泛淚。

琦貞 真的很對不起……我怎麼會這麼糟糕……

恩菲 ……你也不用哭吧，幹嘛讓我感到愧疚。

琦貞 （擠出笑容，但流淚）不……我真的太丟人了……每天都很丟人……（認真）不過你放心，朴理事不喜歡我這個類型，他也沒有送過彩券給我。（微笑，但流出眼淚）

51 琦貞公司・辦公室（白天）

琦貞坐在位子上，微微啜泣，

她想冷靜，專心於工作，兩眼認真地盯著螢幕，

金理事與李組長從遠處看著琦貞。

金理事 ……（小聲）廉組長怎麼了？

李組長 她因為跟朴理事討論男女問題，所以走得比較近。但誰知道呢，是不是真的有別的男人。

金理事（看著李組長心想：「也不需要講成這樣吧……」）

52 咖啡廳（白天）

泰勳（飯後）與三、四名同事一同喝咖啡，

不斷分心，凝視著前方。

泰勳看到牆壁上黑膠唱片的裝飾，其中有超脫樂團的專輯。

53 琦貞公司・辦公室（白天）

琦貞依然哭哭啼啼，這時手機震動，泰勳傳來照片。

〔INS. 上一場戲的專輯照片〕傳送給琦貞。

琦貞好奇點開。

泰勳 （E）現在只要看到超脫樂團就會想到你。

琦貞 ！

泰勳　（E）想再請你吃飯，當作謝罪，當然是在曹景善不在的時候，希望你答應。

琦貞豁然開朗，
難過的眼淚瞬間轉為感動的淚水，嘴角大幅上揚，不斷啜泣，由於聲音過大，其他同事紛紛朝她看，鏡頭裡的琦貞看著手機邊哭邊笑……

54　都市一角（白天）

具先生開著卡車，
但不是在鄉下，而是在水泥建築間的首爾。

55　夜店（白天）

卡車停在奢華的夜店前，
具先生走下車，進入夜店（通往地下的樓梯）。

56　夜店（白天）

具先生毫不猶豫地走入夜店，一名壯碩的男子見狀想阻止，但具先生假裝沒聽到，繼續走。男子抓住具先生的肩膀，具先生狠狠瞪了他一眼。

具先生　！

男子一看到具先生，馬上收手，急忙問候。

具先生繼續走過轉角，直直走到社長辦公室，大家與具先生擦肩而過都嚇得瞪大雙眼。

（除了大廳，還有許多獨立包廂，所以具先生經過了幾個走道與轉角）

57　夜店・社長辦公室（白天）

白社長一派輕鬆地將背靠在椅子上，看著手機，這時，具先生突然打開門衝進來。

白社長　！

白社長感到錯愕，不明白事態，

具先生看著白社長，抓起桌子上的報紙，折成一半，白社長一臉困惑。

具先生（閱讀）政府連續五個月做出經濟不景氣的判斷，這是自從二〇〇五年三月政府每月公布經濟動向以來最長的一次。雖然對外貿易條件逐漸惡化，實體經濟的景氣持續低迷，但政府仍表示難以將此視為經濟蕭條的前兆。

具先生心滿意足地放下報紙。

白社長 你在幹嘛？

具先生（坐在沙發）因為我的夥伴不喜歡講話，可以一整天都不說一個字，所以我的講話速度都變慢了，甚至還會結巴。我好久沒來了，總不能講話結巴。（所以才熱身）

白社長 ……！

具先生 我這幾天都沒睡，因為太生氣了，我思考著……自己到底在氣什麼……

〔INS. 白社長：「你在幹嘛？裝模作樣？裝得一副失魂落魄？」〕

具先生 ……我看起來像是會裝模作樣的人嗎？

白社長 ！

具先生 我為什麼要裝得失魂落魄？我是在休息，我被關在這種地下世界，聽醉漢們胡言亂語、亂唱亂跳長達十五年的時間……回家還要……（停頓）我跟行屍走肉一樣，只剩下一口氣，是你在我臨死之前救了我，多虧你在背後捅我一刀。

白社長 ！

具先生 謝啦。

白社長 ……這小子，竟然說半語。

具先生 難不成要對背叛我的人喊一聲哥？

白社長 ！

具先生（起身，看著白社長）我最近要做水槽，有點忙，等我決定了之後再告訴你，看是想繼續做水槽、放棄這個世界，還是要踏回這個世界，二選一，我會帶著我的決定回來。如果你總是耍把戲惹我，我會把這個世界弄得一團亂，所以你給我乖乖等著。

白社長 ！

具先生（走出去）

白社長 ！

58 夜店走廊（白天）

具先生快速經過走廊，
經過某處後，再度回頭，
看見廚房的水槽。

具先生 喂，你的水槽該換了。（邊走邊大喊）杉植！！

59　夜店（白天）

躲在某處的杉植跑出來。

〔INS. 社長辦公室，白社長聽到具先生中氣十足大喊杉植的聲音，不悅地罵：「那小子！」〕

杉植來到具先生一旁，鞠躬問候。

具先生（不看一眼，繼續走）去下單吧，跟山浦水槽。

杉植　（鞠躬）我……

具先生（望向他）

杉植　改名了。

具先生（毫不在乎）

60　夜店・階梯（白天）

具先生往上走，杉植跟在他身後。

杉植　冬天那時，要大哥來烏耳島的那封訊息不是我發的，白社長要我借他手機……我怎麼可能自作主張邀請大哥去烏耳島喝酒……

61　夜店前（白天）

具先生快速坐上卡車。

具先生 我知道，我聽賢振哥說了。（上車關門）

杉植呆望著卡車，感到感激也可惜，好不容易再碰面卻無法說更多。

62　都市一角（白天）

美貞與同事們從容地走向地鐵，
手機傳來訊息，頓時停下腳步，
同事們也停下來看她。

美貞 （喜悅，匆忙）你們先走吧。

美貞往後跑。
鏡頭特寫美貞的背影……

63　美貞公司前（白天）

卡車停在路邊，具先生將手機放在耳邊，往上仰望建築物，然後看見從遠處跑來的美貞。美貞氣喘吁吁，但沒有將內心的喜悅流露出來，擺出有些賭氣的表情，具先生沒有看她，僅是收起手機。

具先生　在塞車前趕快走吧。（往駕駛座走到一半）那傢伙下班了嗎？組長之類的，每次找你麻煩的人。

美貞沒有多說，坐上卡車，具先生也坐進駕駛座。

64　都市（晚上）

卡車經過上班族們聚集去吃飯的巷弄。

65　首爾・餃子店（晚上）

具先生一連吃了好幾顆小巧的餃子，美貞也吃得很開心，餃子的蒸籠逐漸往上堆疊，具先生似乎拜訪了許久沒來的熟悉店面，美貞看著他，心想他應該懷念很久了。具先生熟門熟路地起身拿醃蘿蔔給美貞，還拿了罐可樂，替她倒入杯中，自己則喝剩下的，然後再度吃起餃子。

兩人專心地吃餃子。

66　村莊一角（晚上）

昌熙跟斗煥坐在咖啡廳，望著一角。

不遠處，卡車駛近，

兩人隨著卡車的方向轉頭，

當昌熙看到卡車裡的人後，露出欣喜的神色。

昌熙　他們和好了對吧？

#卡車停在工廠，具先生與美貞下車，彼此沒有道別直接回家。

昌熙往自家走去，斗煥想要跟上。

昌熙　（猛然轉頭）別跟過來。

昌熙走著，斗煥再次跟上。

昌熙　（嚴厲）還不走？

昌熙假裝要投擲石頭，

兩人逐漸拉開距離，

最後斗煥走回咖啡廳，

昌熙再次靠近具先生家。

67　具先生家（晚上）

似乎已經說明完來龍去脈，昌熙帶著微笑凝視具先生，

具先生不知道該拿這個瘋子怎麼辦。

昌熙像從胸口掏出小雞般，遞出鑰匙，

雙手虔誠地捧著。

昌熙　拜託……千萬不要告訴我你只有鑰匙……不要讓我失望……一下下也好，我想成為聖人，就算沒有車，也要對我撒謊，然後慢慢地、慢慢地告訴我……拜託你了……我想用這份心情活久一點……

具先生似乎要說自己只有鑰匙，昌熙馬上搖頭，具先生又望向別處……然後反覆。

具先生（最後）我……

昌熙　！

具先生　才剛……

昌熙　！

具先生 從首爾回來。

昌熙 ……？

具先生 可是……你又要……（我去首爾？）

昌熙 ！！（雞皮疙瘩，感動不已，用手摀住嘴巴）

68 行進的卡車（晚上）

#村莊一角，快速行進的卡車。

#昌熙拿著鑰匙，坐在副駕駛座，洋溢著幸福，感覺就要喜極而泣，看著開車的具先生，再次望向窗外……再用充滿愛慕的眼神望回具先生。

昌熙 哥……我愛你……

具先生一臉僵硬，加快油門。

69 大樓停車場入口（晚上）

卡車開進某棟建築物的地下停車場。

70　大樓停車場（晚上）

#具先生不知道要停在哪裡，四處張望後按下鑰匙，某處發出聲音，昌熙的眼神飛向那裡，反覆地揉著臉頰，具先生往那裡走去。

#昌熙下車，跪在高級轎車前面，用額頭抵住車子，像是此生終於相見。

站起身，內心澎湃不已，想要擁抱具先生，但具先生往後退。

昌熙坐進車內，在駕駛座深呼吸。

#引擎發動⋯⋯車子駛離停車場。

71　都市一角（晚上）

昌熙開車經過繁華的都市，

發出高喊，喜悅不已，

鏡頭慢動作，享受著競速感，逐漸冷靜。

72　沼澤或是田野（白天）

候鳥整齊劃一地飛越天空，發出叫聲，具先生與美貞追逐著鳥群，具先生臉上露出從未見過的純真笑容，感覺釋懷一切，兩人猶如擁抱自然的動物。

鳥兒改變飛行的方向，美貞皺起眉毛，深怕鳥兒衝向自己，具先生在前方保護她，然後聽見倒數的聲音。

眾人　（E）10！9！8！

73　具先生夜店（晚上）— 2022年

大螢幕顯示倒數的數字，眾人高喊：「7！6！5！」
一名男子不在乎倒數，經過人群，
像是途經冗長的隧道，緩緩走上狹窄的樓梯。

74　具先生夜店前（晚上）— 2022年

男子來到外頭，天空下著雪，
煙花盛開，眾人歡呼。
〔INS. 夜店大螢幕：「Happy New Year 2022」〕
具先生看著下雪的天空，
走在沒有人的巷弄，
特寫背影。

美貞　（E）王八蛋……王八蛋……跟我在一起的人都是王八蛋……

那個王八蛋好像就是自己，具先生稍微撇頭，

就這樣慢慢走著。

11

EPISODE

「人好像在寂寞的時候……最清醒，所以……晚上是最清醒的時候。」

1　車站附近・便利商店（白天）

美貞從櫃台拿了一・八公升的醬油離開。

美貞　謝謝。

店員　謝謝惠顧。

2　車站附近・便利商店（白天）

美貞穿著拖鞋走出來，走往家的另一個方向，那邊停著具先生的高級轎車，美貞坐入後座。

3　村莊一角（白天）

車子行駛中，昌熙開車，斗煥坐在副駕駛座，
斗煥發出「喔～」的讚歎聲。
車子經過顛簸處，車身一震，美貞的身軀也跟著輕微起伏。

斗煥　哇……避震的效果好棒。

美貞看著窗外，心情悠哉。
#水庫或是山腳下，前往景緻優美之處。

4　村莊一角（白天）

（湖邊，可停放汽車處）

美貞喝著冷飲，獨自欣賞野花（野草）。不遠處，昌熙與男子（五十歲左右的夫婦）在聊天，男子將車停在附近，特地過來看昌熙的車子。

男子　雖然曾在路上看過車子，但第一次親眼看到車主，真是我的榮幸。

昌熙　別這麼說。

男子　可以跟你握手嗎？

昌熙　沒問題。（握手）

斗煥　我是他的朋友。

男子　唉唷。（急忙跟斗煥握手）

男子　這麼大台的車應該不好停車，公寓的地下停車場應該很不方便……您不是住公寓吧？

昌熙　不是……

男子　也對……這停不進公寓……

美貞獨自享受愜意的時光，任微風吹拂，一旁的幾人持續對話。

男子　年紀輕輕就……事業有成……

昌熙　這不是我的車……（指美貞）是我妹男朋友的車。

男／女　喔……（轉頭望向美貞）

這時美貞接聽電話。

美貞　好。（停頓）知道了。

美貞掛掉電話，往車子走。

美貞　媽媽要我們趕快回去。

昌熙仍繼續與男子對話。

美貞　（打開車門）媽媽說要醃肉，要趕快拿醬油回去。（上車）

昌熙這才與男子互相道別。

5　村莊外景（白天）

車子停在咖啡廳門口。

6　家‧客廳與廚房（白天）

一家人，包含具先生與斗煥，一共七人，在天色未暗的時候吃晚餐。

大家默默用餐，慧淑來回廚房，最後坐下。

慧淑　（隨口向斗煥問）有誰來了嗎？外面怎麼有車？

除了濟浩跟慧淑之外，大家都知道車主是誰，具先生專心吃飯。

斗煥　……朋友暫時寄放在這裡的。

慧淑　（拿著壓力鍋，拿飯杓拌勻）那個朋友不會是廉昌熙，一看就知道很貴。

昌熙不吭聲，暗自震驚，濟浩則是安靜吃飯。

斗煥　唉唷，當然了，那輛車要好幾億，那位朋友出國了，所以放這裡。

正當大家繼續吃飯，看似結束話題時——

琦貞　你明天幾天要出門？

昌熙　（瘋了，注意濟浩的表情，不說話）

琦貞　我問你幾點要出門啊？

昌熙　（咬牙切齒）你幹嘛突然問我要幾點出門？

琦貞　難道你會放著那輛車不管？一定會開嘛，直到那個有錢的朋友從國外回來之前！所以我問你幾點要出門！

昌熙　（豁出去）我幹嘛載你？大白天的煩死人了！

慧淑嘆氣，心想這對姊弟又開始了，

昌熙與琦貞互瞪，

琦貞的眼神：「這傢伙是不是想找死？」昌熙則是：「你最好給我閉嘴！」

濟浩則是沉默許久後，開口說：

濟浩　不要開別人的車。

針鋒相對的氣氛伴隨著這句話沉靜下來，昌熙與琦貞埋頭吃飯。

7　咖啡廳（白天）

政勳不敢置信，盯著車子看，

昌熙與斗煥坐在一旁喝冰咖啡。

政勳　所以具先生到底是做什麼的？

昌熙　不知道，不過感覺要保持不知情才行，當問出「哥，你以前是做什麼的？」，剎那間，他可能就會開著車離開了。

政勳　這輛車還不是有錢就買得到，這種人竟然在你爸的工廠工作？在水槽工廠上班？

昌熙　所以我才說不可以跟我爸說，他那麼認真在教大哥做事⋯⋯如果我爸知道他開這種車⋯⋯一定會很失落。

政勳　（盯著車）美貞這輩子不愁吃穿了……（然後朝停在另一個方向的自用車說）別怕，沒事的！

8　家門前（白天）

美貞往坑洞裡傾倒廚餘（果皮類），
走回家，看著那三名聚集在具先生車邊的昌熙一行人，
並非仔細看，僅是瞥一眼。

9　昌熙房間（晚上）

能聽見蟋蟀的聲音，
昌熙照鏡子，不停更換各種墨鏡，心想哪副好看……
琦貞靠在門邊。

琦貞　（低聲）所以你明天要幾點出門！
昌熙　你想得美。
琦貞　那是她男友的車，為什麼她不能搭？
美貞　（從廚房走進房間）我不搭。
琦貞　……為什麼？
美貞　會塞車。（進房）
昌熙　（認同）如果不想塞車，就要六點半出門，你有辦法六點

半出門嗎？

琦貞　……我可以在車上睡啊！

10　姊妹房間（晚上）

美貞雙眼呆滯地看著眼前的筆記型電腦，

琦貞看著美貞。

琦貞　……你會害怕嗎？

美貞　（發呆，轉頭看一眼，再度點擊滑鼠）

琦貞　有點勇氣好嗎？感覺世界上所有好處都是你的！為什麼不認為那些東西屬於你？世界上最好的男人是你的，世界上所有錢也是你的。

美貞　（OL，煩躁）很吵。

琦貞　……發財了再借我錢。

美貞　（神經……）

琦貞　不對啊，幹嘛借，直接給我就好！

美貞　（雙眼直盯電腦）

11　道路一角（白天）

昌熙開車，敏奎坐在一旁，江組長坐在後座，昌熙熟練地駕駛，江組長與敏奎讚嘆不絕。

敏奎 這台車可以開多快？

昌熙 要不要試試看？（朝江組長說）邁向自由看看？

江組長 不、不、不，誰會拿這種車來競速？這種車就是要慢慢地開……表現出我就是開這種車的人……我們慢慢開就好，每個紅綠燈都停。

昌熙 （笑開懷）好的。

江組長 （坐姿舒適，看著窗外，突然有些坐立不安）唉唷……感覺好心虛……好像抬不起頭……如果這輛車沒有那麼貴，還可以裝模作樣，但現在怎麼也演不出來呢！

昌熙 （哈哈哈）我也是，每次下車都很難為情，心想如果其他人知道這輛車不是我的會怎麼看我……

江組長 好好適應吧，要告訴自己「我值得開這種車！」。

昌熙 我值得開這種車！！

12 美貞公司．辦公室（白天）

美貞站在崔組長一旁，氣氛凝重。

崔組長看著美貞的設計簡報，然後瞥向美貞腳邊……

崔組長 那種褲子你在哪裡買的？

美貞 ！

崔組長 應該問什麼時候買的嗎？

美貞 ……

崔組長 好久沒有看到……褲子穿那麼長的女人了……你不覺得看了就心煩嗎？

美貞 ！

崔組長（看簡報）時尚跟設計都是……細節……細節啊……

13 美貞公司．茶水間（白天）

美貞壓抑著受辱的心，喝水，志希拿著飲料在一旁低聲說：

志希 最近誰還在字體上加陰影？他怎麼不先掌握自己工作範圍的趨勢。

志希生氣地離開，
美貞沒說話，鏡頭特寫全身背影。

14 美貞公司．電梯前（白天）

「叮咚」，電梯開門，
美貞與同事走進去，最後一刻崔組長出現，共同搭乘電梯。

15　美貞公司‧電梯裡（白天）

因為有崔組長，氣氛有些微妙，崔組長望了一眼秀珍的鞋子。

崔組長　你今天穿休閒鞋喔？

秀珍　今天有健行會。

崔組長　是喔？我在想要不要辦馬拉松同好會。

秀珍　我們公司有馬拉松同好會嗎？

崔組長　我打算舉辦，要不要參加？

秀珍　馬拉松有點難度。

崔組長　既然都有出走同好會了，為什麼馬拉松不行？

挑釁的氣氛蔓延，眾人精神緊繃。

秀珍　（清楚說明）因為是有危險的運動，所以我記得有禁止的規定。

崔組長　是喔？

就在看似可以鬆一口氣時——

崔組長（朝美貞問）出走同好會……是在做什麼的？

美貞　……

崔組長　要從哪裡出走？工作？

美貞　……（鬱悶，冰冷）從人的身邊出走，那些令人厭倦的人。

崔組長　！

16　美貞公司·附近（白天）

美貞任由頭髮飛舞，快速走往車站。

17　行駛中的電車＋工廠（白天）

美貞似乎有點發燒，臉色差，靠著門邊，

感覺很痛苦，連站著也痛苦，

憤怒與不悅在心中延燒，

畫面跳轉，美貞使用手機……

美貞　（E）肚子餓。臉好燙。感覺要昏倒了。

#工廠，具先生看著手機，感覺不對勁，打字。

具先生（E）你想吃什麼？

#美貞看手機畫面。

美貞　（E）酒……

18　具先生家（晚上）

（在窗邊或陽台一側，具先生家的一角，可以喝酒的地方）

倒酒、喝光……反覆幾次後——

美貞　該死……

具先生　！

美貞　他的態度簡直……就是把低俗跟賤民劃上等號……

具先生　……

美貞　（哼……）我討厭的人會討厭我也是理所當然，但是我更討厭他，我鄙視他，他只是在公司裡作威作福，一到外面根本什麼也不是……公司曾經為了裁員，徵求自願離職的人，結果都是有能力的人離開，因為很多公司搶著要他們。結果那些該走的人……都留下來了，因為沒有地方會收留他們。那時候留下來的人……就是他……

具先生　……越弱小的人原本就越可惡，所以可惡的人……通常都有可憐的一面。

美貞　……（明白，與渺小的人有共鳴，因此才更不開心）

具先生　邀他過來啊，叫他來，把他帶到田裡上一課，你一定贏。

美貞　我當然會贏。

美貞　……（喝酒，心情沉重）我從沒在大發脾氣後覺得心情會變好，如果忍住怒氣，大概兩、三天就會不在意，但如果發脾氣，大約要十天才會釋懷。

具先生看著美貞，然後起身，

拿出鍋子，接水……開始煮泡麵，

美貞似乎依然心情不佳，表情凝重地坐著。

畫面跳轉，

兩人吃泡麵，

只有吸吮泡麵的聲音，

兩人不知不覺地吃完，美貞用衛生紙擦嘴，

具先生打開窗戶，風吹進來，享受著微風……

具先生 每到晚上……這裡就有風。

窗外（有盆栽）的樹隨風搖晃。

樹葉間能見月亮高掛，有種淒美的感覺……

具先生 這是我第一次住在晚上風向會改變，而且從屋內就看得到月亮的房子……原本以為能從窗戶看到月亮只會在童話書裡出現……

具先生享受微風，欣賞月亮……

〔INS. 兩人喝了不少酒，有些醉意，酒瓶隨意擺放。〕

躺著閉上眼睛的兩人睜開雙眼，發現了一件事。

現在就能從窗戶看見月亮！

鏡頭跳轉，具先生坐起身，凝視灑進房間的月光，畫面整體為灰色調。

具先生（E）月光……變得有點奇怪，我後來才知道，那時是因為路燈壞了。

具先生望著窗外，滿月的月光灑下。

現在則是路燈的橘紅燈光照在具先生的臉上。

具先生 結果路燈修好後……就沒有賞月的感覺了。

19 具先生家前（晚上）

這時為滿月，美貞與具先生盯著路燈看。

具先生拿起石頭往路燈砸，啪！一道破碎聲。

路燈熄滅後，周遭變成神奇的空間，染上一層朦朧的灰，

具先生與美貞看著陌生的氛圍，前方因為路燈而壟罩在一片橘紅色之下，但這裡卻是灰白色的，好像那裡是火星，有種寂寞的感覺。

兩人就這樣看著眼前的景象……

美貞 人好像在寂寞的時候……最清醒。

具先生 ！

美貞 所以……晚上是最清醒的時候。

20　村莊一角（晚上）

唯有月光照亮的路上，具先生走在前方，美貞在後面，
沒有路燈或任何人造光源，
兩人就這樣走著……

美貞　（E）小時候去教會，大人要我寫下祈禱的主題，我看了其他人寫的，不明白大家為什麼要跟神祈求那些東西，成績、想考上的學校、人際關係……這種事情為什麼要祈禱？為什麼要跟神祈求這種事情？祂是神耶？我……只好奇一件事。

美貞在漆黑的道路間四處張望……

美貞　（E）我……是誰？我……為什麼在這裡？

美貞停下腳步。
鏡頭跳轉，兩人往山頂走去，途經樹叢與蘆葦。

美貞　（E）一九九一年前我不存在，大概五十年之後也不會存在，但總感覺我會一直存在著，我似乎是永恆的……我被這種感覺困擾，我的心未曾安定下來，即使在棉被裡也感到不安，在人群中也感到不安。我為什麼……不能像他人一樣開懷大笑？我為什麼……總是感到憂傷？為什麼……

心臟會跳動？為什麼……對任何事情都沒有興趣？

具先生面無表情地走著，

兩人走得氣喘吁吁。

美貞　（E）我覺得人類都像魁儡，搞不清楚自己究竟是誰……就只是演戲的魁儡。從某個角度來看，那些活得健康又快樂的人，說不定只是對這些困惑視而不見，並以「人生就是這麼一回事」的謊言在欺騙自己。

抵達目的地，兩人艱困地爬上最後的坡道。

美貞　（E）但我不妥協，我不要死後去天國，我要活著就見到天堂。

21　高處的山頂（晚上）

兩人抵達沒有人造燈光的山頂。

美貞和具先生凝視山下的風景。

美貞在陌生的空間感到有些寒冷，

美貞望向具先生，具先生也回望她，

具先生見狀抱住美貞，

一陣風吹來，美貞害怕地往後望，

具先生輕撫美貞的背，彷彿在安慰她後方什麼都沒有，

兩人再度相望，像是即將要一起跳下懸崖的男女，

兩人凝視片刻後，接吻。

22　姊妹房間（晚上）

房內開一盞小燈，美貞吹著頭髮，吹風機聲音相當刺耳。

已經蓋上被子的琦貞猛然轉頭。

琦貞　吵死了！大半夜的洗什麼頭？

美貞毫不在乎，

鏡頭跳轉，

美貞即使蓋上棉被也輕微發抖，

但在閉上眼睛後感到些許安心。

23　便利商店外觀（白天）

蟬鳴，

具先生的高級豪車突兀地停在老舊的房舍之間，

附近有間便利商店。

24　便利商店・倉庫（白天）

昌熙在窄小的倉庫盯著監視器的回播畫面，切換畫面的時間點，有位上了年紀的店長坐在他身邊，兩人似乎發現了什麼。

店長　（指畫面）這裡！就是他！

昌熙湊近螢幕確認。

〔INS. 監視器畫面中，一名看似高中生的男子，鬼鬼祟祟地把商品放進嘴裡，看來是把裝在紙盒內的巧克力拿出來吃。〕

店長　你看！就是這傢伙偷吃的，這個人，就是他沒錯。

〔INS. 把吃到一半的巧克力放回紙盒內。〕

店長　倒不如全部吃完！每次都只吃一半，造成其他顧客買到後就會來客訴。（拿起該巧克力，包裝裡的巧克力只剩一半）如果是我也會生氣，買來才發現是吃到一半的巧克力。

昌熙　（看螢幕）還真是吃得神不知鬼不覺。

店長　要報警嗎？

昌熙　就算報警頂多只是申誡。

店長　這傢伙不是初犯，上次也是他，那時他也是吃這個（巧克力），他專挑這個來吃，如果有五次以上就算慣犯了吧？如果再找一下監視器畫面，一定可以找到，你找找看。（走出去）小金！上次收到巧克力客訴是什麼時候？就是吃到一半的那次。

昌熙覺得頭疼，沒想到連這種事也要處理，
他打開手機，確認時間與訊息。

昌熙　（E）你在哪裡？

25　賢雅租屋處＋前方（白天）

賢雅已經著裝完畢，正在回覆訊息。

賢雅　（E）正要出門。
昌熙　（E）快點來救我。我的眼睛要瞎了。

賢雅輕輕收起手機，瞪著玄關，
門外能聽見中年婦女的聲音，正在與某人通話。

婦人　（E）她在家，只是假裝不在，這個臭女人。（砰砰砰）我知道你在家，趕快開門。

賢雅咬緊牙關，拿起打算外出要穿的皮鞋，收進塑膠袋，然後套上球鞋。

婦人　（E）不知道她媽媽知不知道自己生了個婊子，到處勾引男人，水性楊花的賤女人……（受不了）那些錢對我來說有多重要…… 我應該在這種賤人的門前拉屎才對。

賢雅準備出門，瞪著大門口。

26　租屋處玄關（白天）

賢雅瞬間打開門，通話中的婦女嚇得往後退，
賢雅雙眼冒火地怒瞪女人，然後大力關門！

賢雅　有種你拉屎看看，我會公開監視器畫面，讓你在外面抬不起頭，試試看啊！

婦人　！

賢雅怒視婦人，然後瞬間跑上樓梯，
婦人這才驚覺被耍了，趕緊邊罵邊追。

27　賢雅租屋處前（白天）

賢雅跑出巷子，
轉彎的時候，婦人才剛跑出大樓。
婦人放棄追逐，氣得甩出包包。

婦人　天哪，該死的女人……（氣憤）

28　夜店前（晚上）

許多高級轎車停靠，人們下車，
代客泊車的司機走上前接過鑰匙，
昌熙的車子也停靠，昌熙與賢雅在車內爭執不休。

昌熙　幹嘛預約座位，只是要去跳個幾首歌就回家了！
賢雅　（換皮鞋）我說了我付錢，別擔心，下車吧。

賢雅迅速下車，昌熙受不了，
司機來到駕駛座邊開門，喊出「歡迎光臨！」，
昌熙不得已下車，看著司機坐上車，只好乖乖追上賢雅的腳步，原本在車上的司機這時突然下車。

司機　客人，請給我鑰匙。

昌熙驚覺，趕緊自口袋掏出鑰匙，心想「真的要交出去嗎？」，
司機沒有發現昌熙的猶豫，逕自拿走鑰匙，
昌熙看著車子開走，進入夜店。

29　夜店（晚上）

吵雜的音樂鼓譟，昌熙極力掩飾自己的不自在，不停環顧四周，跟在賢雅身後，賢雅似乎不滿意服務員安排的位子。

賢雅　這裡我不太喜歡，那裡可以嗎？

服務員　啊……那桌……（為難）

賢雅　怎麼？多少錢？

昌熙　（真是瘋了，怎麼亂花錢？）

鏡頭跳轉，昌熙與賢雅坐在上好的位子，

服務員在一旁，賢雅看著酒單。

（由於音樂聲吵雜，兩人大聲對話）

賢雅　叫代駕就好了！我替你出代駕費。

昌熙　你瘋啦？那種車怎麼可以叫代駕？

賢雅　代駕司機也要嘗試那種車才行啊！你以為全世界只有你在開嗎？（指菜單，朝服務員說）我要這個。

昌熙　（看到酒的價格，一驚）

賢雅　別擔心，姐姐我會連小費也付得一乾二淨。

昌熙　你明天就要死了嗎？

賢雅　（隨節奏搖擺）

昌熙　（東張西望，很不自在）我今天！為了找出偷吃一千韓元的傢伙，看監視器看得眼睛快瞎掉！然後開著五億韓元的車子來這裡，喝七十萬的酒，你覺得呢？要不要報警抓他？

賢雅 ……（不理會）

昌熙 ……看來今天不管我說什麼你都聽不進去。

昌熙望向其它地方，賢雅看著昌熙，
稍微湊近他。

賢雅 我只告訴你，別傳出去，我不想被殺掉。

昌熙 （又在胡說什麼……）

賢雅 （點按手機，將螢幕湊近昌熙面前）這是我的帳戶餘額！

昌熙 ？

賢雅 （提高音量）我的，帳戶，餘額！

昌熙 （呆望）

賢雅 九位數……是億。

昌熙似乎在計算個十百千萬，頭部輕微晃動，
確認是億之後，睜大雙眼望著賢雅！
他想親自拿著手機確認，卻被賢雅阻止。

昌熙 你怎麼會有這些錢？

賢雅 今天！你是開價值五億韓元車子的男人！而我！是帳戶裡有五億韓元的女人，所以好好玩，懂嗎？

昌熙感到焦急，不明白賢雅怎麼會有這麼大筆錢，
酒端上桌，賢雅倒滿兩個杯子，
拿起酒杯朝昌熙乾杯，乾杯後昌熙一飲而盡。

畫面淡入淡出，慢動作播放，
微醺的昌熙，看著紙花如雪片落下，
賢雅起身舞動，
昌熙難以適應這種環境，獨自喝酒。

30　夜店前（晚上）

昌熙醉得踉蹌，
賢雅把手搭在昌熙的肩上。

賢雅　聽好了，如果我死了，一定是被殺掉了，就算看起來再怎麼像自殺，也絕對不是。我不可能自殺，如果我死了，一定是因為五億韓元被殺的。

昌熙艱難地甩開手臂，
賢雅不悅，抓住他的脖子。

賢雅　記住了，就算警察宣稱是怎樣完美的犯罪，我都不可能自殺的。

這時昌熙發出作嘔聲，往一旁奔去，

賢雅搖搖晃晃地看著昌熙，

心想「看來他真的醉得很厲害」，

隱約能見昌熙在遠處彎著腰的身影。

31　具先生車內（晚上）

賢雅坐在後座，有些酒醒。

片刻後，昌熙上車，

似乎醉得很不舒服，看都不看賢雅一眼，只是盯著窗外。

賢雅　（雖然感到抱歉，還是逞強）不能喝還喝那麼多昂貴的酒。

昌熙　（因醉意而發脾氣）你是鄭雅凜嗎？動不動就說這個很貴，貴又怎樣？難道大便很貴也要吃嗎？

賢雅　……！

昌熙　……明知道我不喜歡這種吵鬧的地方，（停頓後再度說）你有看過我上夜店嗎？

賢雅　……！

昌熙　……（盯著窗外，不看賢雅）

賢雅　……（看著他）好啦，你睡吧。（朝駕駛座的代駕司機說）先去惠化洞，然後再到山浦市。

車子前進……賢雅盯著昌熙。

32　具先生家外頭（晚上）

夜已深，野狗吠叫的聲音。

33　具先生家（晚上）

鏡頭特寫具先生睡著的模樣，遠處有狗吠，

具先生察覺異樣，緩緩睜開眼睛，

不久後再度傳來狗吠，天花板映照出車子的車頭燈，以及緩慢行進的汽車引擎聲。

具先生　！

具先生往窗外一看，

兩名男子下車，

安靜地盯著具先生的家。

具先生　！

具先生從窗邊退至一旁的牆壁，

兩個男人的身影掠過窗外，具先生緊盯著影子。

34　工廠前＋具先生家（晚上）

兩名男子窺探卡車，似乎在確認目標，
一人站在外側負責看守，
一人隨即俯身鑽進卡車下方，
男子的上半身鑽進卡車底部，只剩雙腳在外，
具先生按兵不動地觀察。

具先生　！

不久後，男子起身，
拍拍身子，與另一名男子走近具先生的家。
具先生緊貼著牆壁，
窗邊的影子映出兩名男子往反方向走。
不久後，車頭燈的光再次映照在天花板，然後緩緩駛離，
具先生仍維持貼著牆的姿勢。

35　工廠前（隔天一早）

具先生站在卡車前，

彎腰查看昨晚男子俯身下去的地方，
瞧見一個閃著紅光的物品，大概是GPS。

濟浩　（E）怎麼了？

具先生猛然起身。

具先生　沒什麼……

具先生掩飾內心想法，故作沒事地回到工廠，
濟浩也走進工廠。
#具先生開始工作，但表情若有所思。

36　美貞公司‧茶水間（白天）

美貞在調製飲品，寶蘭看著崔組長在美貞的設計上修改的內容。

寶蘭　姐姐，你真的要照這樣修改嗎？
美貞　他要我改我就改……不然還能怎樣？
寶蘭　比起那傢伙修改過的東西，我覺得姐姐你的設計好看一百倍，他就只是……虛有其表而已，姐姐（思索）的設計更有深度，姐姐的設計……總是……讓人看得目不轉睛，（生氣）所以我每次看你的設計都會心生忌妒……

你真的要改嗎？

美貞 ……

寶蘭 我好想要直接拿給品牌組，好想告訴他們組長是怎麼把事情搞砸的。

美貞 （轉頭看她）你這是在崇拜我嗎？（笑）

37 琦貞公司・振宇的辦公室（白天）

琦貞、振宇、金理事三人在桌邊看資料，會議似乎已達尾聲。

振宇 那麼下週我跟廉組長會去光州，進行調查員的教育訓練……（看資料，準備收尾）好的，會議就到這裡，大家辛苦了。

金／琦 辛苦了。

振宇 （回位子）我寄封郵件，等會兒一起用餐吧，想吃什麼呢？（打電腦）

金理事 很久沒吃烤乾牛肉了，有興趣嗎？

振宇 聽起來不錯。

琦貞 （天哪！）那間……要排隊吧？（作勢暈倒）饒了我吧，我排不了隊，太累了。

金理事 你最近狀態不是不錯嗎？

琦貞 （難為情）我每隔一段時間就會這樣，一個禮拜有三天很累，三天就只是死撐，另外那天……我也不知道是怎麼過的。累的時候，只要看到有人在排隊，我就會生氣，一肚子火，所以我沒辦法搭公車。開往京畿道的公車⋯⋯每次都排得亂七八糟⋯⋯像串珠子一樣長得要命。每次看到那幅景象，我血壓就升高。這世上的人真的太多了，要輪到我還要好久，每件事情都不能如我所願，全都要等，無論是吃飯還是在家，甚至連男人都是。

金理事 這聽起來不是疲憊，而是生氣吧，是什麼事讓你發怒呢？

琦貞 ⋯⋯！

似乎被金理事說中心聲，琦貞好一陣子都沒說話。

振宇 （結束手上的工作）我好像⋯⋯猜得到。

琦貞 （突然怒火中燒！）都說多久要請我吃飯了！結果一則訊息都沒有。（猛然拿起手機）

金理事 ⋯⋯看來真的有男人。

琦貞 ⋯⋯明知道我每天都會看手機。

振宇 他知道嗎？

琦貞 怎麼可能不知道？我朝宇宙發射了強大念力耶，他怎麼可能不知道⋯⋯說要請我吃飯都已經過三天了，結果連一通電話、一則訊息都沒有。

這時琦貞的手機傳來震動，她呆望片刻後睜大雙眼。

琦貞 （自言自語）天哪⋯⋯這有鬼吧⋯⋯

金理事 看來對方傳訊息了……

琦貞趕緊轉身打字……

琦貞 ……（暗自說）今天？

金理事 約今天太過分了，延個幾天吧，他都讓你等那麼久了。

振宇 跟女生約當天太沒禮貌了，先跟對方延一下。

琦貞思考該如何回應……手指在鍵盤上來回猶豫。

振宇 一次就答應的話多無聊，最讓男生焦急的就是女生若即若離的態度……這時候他們簡直會發瘋。琦貞你先放輕鬆，沒事的，先拒絕比較好。

琦貞 ……（躊躇）

振宇 試著讓男生著急一下，廉組長，現在換他來等，而不是每次都讓你等他。

琦貞點按手機，片刻後再次打字，之後回到位子。

金理事 約什麼時候碰面？

琦貞 ……（小聲）明天。

振宇 （唉）

金理事 還真是延得夠久呢……

振宇 沒關係，這也是廉組長的魅力。

琦貞　……（像個罪人，然而）但是……讓對方焦急……是好事嗎？

振／金　？（困惑）

琦貞　哪裡好了……焦急不是好事吧？

振／金　！

琦貞　又不是在烤東西，讓對方擔心到燒焦，這不是……很不好嗎？會讓對方很不舒服。

振／金　！

琦貞　男女交往的時候，不是應該要感到心裡踏實嗎？這樣欲擒故縱的方式究竟是……如果這樣給飯的話，人會餓死的，那麼為什麼面對愛情的時候，我們要這麼吝嗇呢？

振／金　！

琦貞　吊胃口有什麼好處？盡情滿足才會舒暢吧，讓人著急、若即若離……應該不會讓人愉悅，只會不悅吧？

兩人似乎被說服……

金理事（嗯……）雖然不會愉悅，但不悅……

振宇　（嗯……）不會到不悅，可能更接近不滿足……或是不足……

琦貞馬上拿起手機，衝出去。（拿著資料）

金理事　看來今天要見面了……

振宇　我為什麼會一直認為讓對方焦急是好事呢？

38　餐廳前（白天）

泰勳神情緊張，匆忙地開車抵達，停好車，
下車後朝店家老闆說：

泰勳　車子可以停那裡（隔壁的隔壁）嗎？
老闆　有留電話就可以。

泰勳留下電話，看見琦貞從遠處走來，兩人對望，稍微點頭致意，似乎還有些尷尬，琦貞連走路都顯得彆扭，不知該怎麼走，泰勳趕緊寫下電話號碼，關上車門，這時琦貞走過來。

琦貞　你好。
泰勳　你好。
琦貞　（朝停車的地方問）這邊嗎？
泰勳　不是，是那邊，走吧。（讓琦貞走在前方）

39　餐廳（白天）

（店面窄小的餐廳，菜單以生魚片及牛肉的套餐為主）

泰勳與琦貞坐下。

泰勳 這間店很受歡迎，據說下酒菜很好吃，預約的話要等兩個月，今天突然有人取消，所以候補成功，抱歉這麼突然約你見面。

琦貞 沒關係，可以不用等當然很好。

泰勳 我也沒有問你喜歡吃什麼，就直接訂了位……

琦貞 我都吃，雖然我也想挑食，但挑不了，內臟、雞屁股都吃，啊，我在說什麼。

泰勳 （露出微笑，朝店員說）請給我們A套餐。（朝琦貞問）想喝什麼酒？

琦貞 先喝燒啤好不好？

泰勳 （朝店員說）請給我們一瓶燒酒，一瓶啤酒。（將手機與鑰匙放在一邊，準備餐具，掛著微笑）你唸得像英文，燒啤……

琦貞 平常講燒酒的音不是也會比較重嗎？所以唸燒啤……

這時泰勳的手機傳來震動。

泰勳 （接起）你好。

40　餐廳（白天）

泰勳接過電話後著急地跑出去，
與泰勳通話的人放下手機。

男子　麻煩移一下車……

泰勳　好的，我馬上移。（再次進入餐廳）

41　餐廳（白天）

泰勳焦急地拿著車鑰匙走出去。

泰勳　我去移個車。

琦貞　好的。

泰勳　（模樣著急）

琦貞　慢慢來……（泰勳已快步離去）

42　道路一角（白天）

泰勳開車至附近巷弄，沒有停車位，心急地轉彎，不斷找尋……依然沒有位子，又再轉彎，依然沒有位子，往後一看，已經離餐廳很遠，心中萬分焦急。

43　私人停車場（白天）

泰勳急忙停好車後下車，朝停車場管理員（鐵皮屋內）遞出鑰匙。

男子　要停到什麼時候？

泰勳　我也不知道……

男子　我們只開到十點。

泰勳　！（這該怎麼辦？）在那之前我會離場。

男子　那要先付錢？

泰勳　（OL）我現在給你，停到十點。（拿出信用卡，急忙打電話）

管理員結帳時，泰勳在通話。

泰勳　你在哪裡？

44　熙善家＋私人停車場（白天）

景善下班後打開啤酒，接到泰勳的電話。

景善　家裡。

泰勳　有喝酒嗎？

景善　正要喝。

泰勳　別喝！

景善　（正喝第一口，嚇得吐出來）

泰勳　（接過付完款的信用卡，著急離開）你來取車，我傳地址給你，離家裡不遠。

45　道路一角＋餐廳（白天）

泰勳急忙跑回餐廳，

又跑又走⋯⋯

46　餐廳（白天）

琦貞獨自發呆坐著，然後表情一變，因為看到泰勳回來。泰勳氣喘吁吁，滿頭大汗。

泰勳　抱歉。

琦貞　沒關係。

泰勳　（隨意擦汗）我不該開車過來的⋯⋯因為沒想到能候補成功⋯⋯

琦貞　（趕緊遞上衛生紙）

泰勳　啤酒都回溫了吧？要不要請服務生換新的？（準備舉手）

琦貞　（趕緊說）沒關係的。（舉手制止）你先休息一下。

泰勳　？

琦貞　（看出泰勳需要休息）先休息⋯⋯一分鐘也好。

泰勳　⋯⋯！

泰勳稍微放鬆緊繃的神情，調整呼吸，兩人安靜地對望，相視而笑，泰勳對於琦貞的體貼感到安心，緩解了緊張的心情。

琦貞　⋯⋯你怎麼用跑的？

泰勳　⋯⋯我把車停太遠了。（調整完呼吸，脫下外套放在椅子上）現在我們可以安心吃飯了。

將手機關機，調製燒啤，琦貞看著泰勳關掉手機的動作。

47　琦貞公司前（晚上）

振宇和恩菲下班，恩菲盯著手機。

振宇　想吃什麼？

恩菲　這麼晚，不吃了。

振宇　那要幹嘛⋯⋯？

恩菲　我累了，想回家。

振宇　是嗎？那我為什麼要等你到現在？（困惑）

恩菲　（盯著手機）

振宇　（仍說）週末要不要去坡州？去你上次提的那座吊橋。

恩菲　我有讀書會。

振宇　兩天都要？

恩菲　一天要休息。

振宇　是喔？（爽快）那就這樣吧，從今天起我們結束了，回家小心。

恩菲　（這時才抬頭）

振宇　每次你都有讀書會或是要跟朋友見面……一個禮拜有四、五天都跟別人有約，然後總是追問我究竟在跟誰見面，你這是什麼意思？我們交往之後到底約過幾次會？

恩菲　我們每天都在公司見面，難道連下班也要黏在一起嗎？

振宇　有見面就是在交往嗎？我每天都看著同事的臉，有人還看了超過十年，難道我跟對方也交往了十年？總之，分手吧。（正要轉身）

恩菲　（OL）因為大家都說你是花花公子！

振宇　（轉回來，所以？）

恩菲　所以我在觀察是不是真的。

振宇　我的確一直都有對象，但從沒有腳踏兩條船，也沒有無縫接軌，我好像說過不少次了。如果你要繼續觀察就繼續吧，我要離開了。（轉身，突然明白自己的分手模式，獨自呢喃）似乎總是如此，我有欠別人什麼嗎……？為什麼總感覺虧欠他人？這讓我很不快樂，所以我要抽身了……慢走。（笑得燦爛）到此為止！

恩菲感到荒謬，振宇腳步輕盈，但愈走愈覺得悲傷，真的就這樣結束了？

48　熙善的店（晚上）

替四、五名顧客結完帳後走出去。

景善　謝謝光臨。

客人全都離去，餐桌未收拾，

結完帳的景善拿出錢包與手機。

景善　我去牽車！

熙善　（看廚房）在超市關門前回來，還要幫宥林買電動牙刷。

景善　那一起去吧，反正沒客人了。

49　私人停車場（晚上）

熙善與宥林往泰勳的車邊走，景善向管理室拿鑰匙，打開車門，熙善與宥林上車，景善撥通電話，邊往車子走。

景善　要在這一區喝酒的話還不如回店裡，幹嘛去給別家餐廳做生意……

語音　（E）您撥的電話未開機……

景善站在原地，歪頭感覺到異樣……

50　餐廳（晚上）

下酒菜擺滿桌子，兩人有點微醺。

琦貞　我……只要剃頭就會解放了，剃了頭感覺就像一頭動物，沒有名字的動物，這樣活著好像也無所謂。我這些年這麼努力，卻一無所獲，根本不知道自己為什麼要活得這麼辛苦。只要剃光頭，想要出人頭地的欲望、想要交男友的欲望……感覺都會煙消雲散，所以我下定決心，今年秋天以前，看要隨便找個人談戀愛，或是剃頭，一定要選一個。如果無法下定決心，我這輩子都會為了這頭亂髮而苦惱。

泰勳　（微笑）

琦貞　（喝酒，放下酒杯）

泰勳　……別剃光頭。

琦貞　！（這是什麼意思，該不會？）

51　餐廳前（晚上）

這時景善開著泰勳的車，來到附近。

景善　（看向餐廳）找到了！

（由於玻璃窗有遮蔽物）只看得到泰勳，
稍微從背影看出來，
景善將車停在附近，下車。

景善 如果要吃這間還不如回家吃，這傢伙死定了。
熙善 走啦，超市要關門了。

52 餐廳（晚上）

開門的鈴聲響起，泰勳稍微往門邊看，臉色一變。
景善看見琦貞，不敢置信。
琦貞也感到吃驚！
三人停頓。
景善拿了張椅子過來，坐成三角狀，
湊近兩人，緊盯著看。

景善 這是什麼情形？
泰勳 （冷酷）起來。
景善 ！
泰勳 你離開。

泰勳語氣冰冷，
景善不以為意，但泰勳的眼神毫無畏懼，

景善瞬間感受到泰勳的認真，想怒瞪回去，

兩人就這樣互瞪彼此，感覺只要有人眨眼就會輸，

琦貞不知該如何是好，慌張地吞口水。

泰勳　（再次）你走吧。

景善　（被⋯⋯制壓了⋯⋯心情很糟）

景善瞬間起身，快速離去，大力推開門，泰勳與琦貞兩人氣氛沉重。

53　餐廳前（晚上）

景善坐上閃著黃燈的車。

熙善　他跟誰喝啊？

景善大怒，確認後方無車後駛離，

後座的宥林在看手機。

熙善　我在問你話呢。

景善　跟朋友啊，還會跟誰。（差點發飆）

54　餐廳（晚上）

氣氛凝重，兩人不說話，

片刻後，泰勳似乎下了定論，表情稍微開朗。

泰勳　別剃光頭了。

琦貞　……！

泰勳　我願意當那個隨便的一個人。

琦貞　……！

琦貞擔心自己是否聽錯或是誤解，好像又沒錯，真的嗎？泰勳慢了一拍才看著琦貞露出笑容……琦貞這才放心確定，感到害羞，不知該如何是好，現在該笑嗎？眼神不知該望向何處，就這樣……

琦貞　（握緊拳頭，低聲）Yes。

泰勳也羞澀地笑了，

沒有空位的餐廳，人聲鼎沸，唯有兩人的這一桌陷入永恆的靜止。

55　便利商店（隔天，白天）

昌熙在桌邊打開筆記型電腦工作，然後拿起手機，打開與賢雅的聊天室，賢雅讀取了「還活著嗎？」的訊息，但沒有回覆。

這時店長靠近，望著外面說：

店長　女生都在看那輛車。

昌熙抬頭，有兩名女子看著那輛停在路邊的高級轎車。

店長　開那種車的話，一定很容易就能交到女朋友。

昌熙盯著窗外，

兩名女子圍著車子左顧右盼，

其中一名女子露出面容，是藝琳。

56　便利商店前方（白天，或是晚上）

昌熙走出便利商店，

正在欣賞車子的藝琳這才發現昌熙。

藝琳　！

同行友人看到昌熙，似乎也認得昌熙。

朋友 你好……

昌熙 好久不見。

藝琳 ……

朋友 （朝藝琳說）我先走了。

藝琳 啊……

朋友離開，兩人陷入尷尬。

藝琳 看來這裡也是你負責的區域？

昌熙 這次被分配到的，我們是輪流管理……要不要載你一程？

藝琳一臉困惑，昌熙打開車門，

藝琳瞪大雙眼，不可置信。

昌熙 這是我認識的大哥的車，我載你吧。

藝琳 （想起曾經的爭吵）我家跟你家不同方向，會比較費時。

昌熙 在一起的時候我都沒有載過你，就上車吧。

昌熙率先坐上駕駛座，藝琳隨後上車。

57　行進的車中（白天）

藝琳　你之前這麼想要一輛車……結果真的實現了。

昌熙　這又不是我的車。

藝琳　但也不是隨便就能開到的車，你都開去哪裡？

昌熙　去了我奶奶的墓地，還去了家裡附近的水庫，跟永宗島，東海則有點太遠了。

藝琳　跟誰？

昌熙　自己一個人。

藝琳　（感到困惑，望著他）你都去些奇怪的地方耶，我還以為你會到處炫耀。

昌熙　我原本也以為自己會那樣，結果沒有，我都不知道……當我開車時……會變得很溫柔。

藝琳　（望著，不明所以）

58　蒙太奇（隔天，白天）

#昌熙握住方向盤的手。

昌熙　（E）神奇的是……我只要握住方向盤就會變得溫柔……

從容地轉彎，敞開的窗戶間吹進微風，昌熙享受著風的輕拂。

昌熙　（E）我小時候喜歡看社會科的圖冊，一翻開書就會沉浸在裡面，完全忘記時間。我可以在腦裡飛去那些未曾去過的城市，無論是春川、光州、釜山……甚至鬱陵島，開車時感覺就像那時候。

#車子停下，昌熙從丘陵欣賞風景，表情平和。

昌熙　（E）當我身處人們之間時，似乎會表現得太過誇張，因此當我獨處時……就會變得非常沉靜……非常溫柔。

藝琳　（E）獨自一人就變溫柔……是什麼意思？

昌熙　（E）不知道，就是當自己一個人時就會很溫柔。

昌熙打開與賢雅的聊天室，

繼「還活著嗎？」，昌熙又打了「你還活著嗎？」。

59　邊尚美便利商店（晚上）

賢雅走出店外，朝著正在擺放商品的邊尚美說：

賢雅　（親切）明天見。

邊尚美　再見，辛苦了。

賢雅　（一走出商店就沉下臉）

60　租屋處建築物前（晚上）

賢雅面無表情地走回家，

中年婦女一看到她，馬上從車內衝過來，

賢雅毫不理睬，逕自往租屋處走回去，

不在乎中年婦女想對她怎樣。

61　賢雅租屋處（晚上）

賢雅進屋，正要關門時中年婦女衝進來，

賢雅相當疲憊，不想應付她，自顧自地進房。

婦女　交出來！我已經打聽過了，只要我提出告訴，你一定會輸，所以不要浪費我的時間，趕快交出來。

賢雅　（不在乎）

婦女　你每天晚上偷偷溜進醫院，勾引病人，要他賣房子，把錢給你，我可是有很多證人，護理師、看護全都是證人，醫院的監視器也拍到了你每天進出病房的證據。交出來！在你被抓進去關之前交出來！

賢雅　（猛地）等你兒子死了之後，我就會給你！！你兒子怕他如果不給我錢，我就不會去看他……我每天都要拍餘額給他看。（眼眶泛淚）他有多害怕死去！但他死都不想握他母親的手。自己的兒子都要死了，還每天開口閉口都是錢錢錢，哪裡還有像你這樣的母親？一想到他的身邊只有你這種人，我就覺得好可憐，所以才會守在他身邊。你給我滾！你不管兒子面對死亡的恐懼，只在乎錢。反正我會給你，即使他說絕對不可以給我也會給，所以你現在給我滾！（轉身）

婦女 我一開始就看你不順眼……應該早就要斬草除根的……結果……竟然給我惹這種麻煩……

賢雅 （欲哭）我本來就是像狗一樣的人，只要有人對我好，我到死都會忠心耿耿，任他們予取予求！只要你對我說一句好話，我也會對你付出一切，可是你為什麼一點也不對我好？為什麼？我在你的心中至少有十分吧，我也擁有十分的優點啊，如果你至少給我十分，我還會感激你到死，但你為什麼連十分也不給我！

婦女 拜託，我一分也不會給你，你應該從這個地球消失！誰會接納水性楊花的女人當媳婦？你怎麼會有這種妄想？

賢雅 ……（虛弱無力）

62 醫院走道（晚上）

賢雅累得面無表情。

63　醫院・單人病房（晚上）

賢雅進入病房，看護正在呼呼大睡，她安靜地拉上窗簾，遮住看護，低頭望著床上的男子。男子正在睡覺，賢雅握緊靠欄，感覺全身疲憊，依靠在欄邊，男子依然熟睡，然後……

畫面跳轉，賢雅看著手機，

直到現在才看到昌熙發送「你還活著嗎？」，然後打字。

賢雅　（E）還活著。

然後又補上一句：

賢雅　（E）那個人也還活著。

賢雅疲憊地坐在椅子上……倚著牆面。

64　行進中的具先生高級轎車（晚上）－回想

兩人去夜店的那天，代駕在開車，

昌熙仍在氣頭上，賢雅盯著窗外，然後將頭靠到昌熙肩上。

賢雅　……（低聲）那個人……給了我六十分，足足有六十分。

昌熙　……老實說，我真的要坦承跟你說，你有超過七十分，大概七十二分，所以你要有點自信。

昌熙再度看向窗外，賢雅則未出聲……

65　與第五十八場戲相同地點（晚上）

車前，昌熙坐在露營椅上，蓋著毛毯（在看與賢雅的訊息），不久後，收起手機，喝著熱咖啡欣賞夜景。

66　道路一角（白天）

具先生駕車於安靜的道路。
〔INS. 行進的卡車下，GPS的燈光閃爍。〕
具先生突然右轉，改變方向。

67　安靜的咖啡廳（白天）

#卡車停在寬廣的停車場。
#咖啡廳店員說：「冰美式好了。」具先生拿著咖啡，瞥了一眼窗外，有一輛車駛進停車場。
車子停妥，不久後一對四十歲左右的男女下車，男女各自穿著輕便的服裝與運動鞋，看來似乎不是跟蹤自己的人。

#停車場，具先生坐在卡車上，假裝在用手機，透過後照鏡觀察停車場入口。

一輛車緩緩駛入，停下，

不久後，兩名男子下車，稍微瞄見卡車，然後走進咖啡廳，身影與昨晚的人相似。

之後，又有一輛車進來，具先生看著那輛車駛進後，發動引擎。（三輛車的顏色皆不同）

68　行進的卡車（白天）

具先生駕駛卡車，

似乎想把那些人帶往某處。

69　寺廟（白天）

卡車停在停車場。

具先生看著窗外，是與美貞一起來過的地方（其他寺廟也無妨）。

他待在能清楚看見卡車的較高處，盯著停車場。

停車場有其他輛貨車進入……也有高級轎車……然後！那輛

曾在咖啡廳出現的車子也進來了，那是第二輛車裡的那兩名男子，具先生確定是他們在跟蹤他。

一名男子從副駕駛座下車，戴著帽子找尋具先生，

具先生盯著他。

70　停車場（白天）

具先生拿石頭擊破駕駛座車窗，駕駛正在用手機，具先生迅速勒住對方脖子。

具先生　打電話給白社長，給我打電話！

戴著帽子的男子跑過來。

男子　派我們來的不是白社長，是申會長！

具先生　！

戴帽子的男子沒有出手阻止具先生，僅是站在一旁。

71　村莊一角（晚上）

馬路旁有一輛豪華轎車，

具先生冷靜地走上前，

駕駛看到具先生的身影後下車，開啟後座門，

具先生朝後座的人鞠躬，並且上車。

#車內，

具先生與申會長坐著。

申會長 好久不見。

具先生 ……

申會長 你完全銷聲匿跡，我還以為白社長那傢伙真的把你怎麼了，但你的臉色看上去很不錯。

具先生 ……

申會長 當我聽到你還活得好好時，原以為你會馬上回來，結果沒有，我還懷疑你是不是有其他靠山了……所以派人跟蹤你，聽說你在做木工。

具先生 ……

申會長 休息夠的話，就回來吧。

具先生 ……

申會長 我底下有些人在中飽私囊，我派親骨肉去也沒用，既然這樣，我就得派個狠角色，才不會丟臉。自從讓白社長掌權後，無論我走到哪裡……都抬不起頭，你回來吧。

具先生 ……

申會長 怎麼？還想繼續待？

具先生 ……嗯。

申會長（放肆的傢伙！但壓抑不悅，冷靜地說）你在這裡是為了什麼？

具先生 ……！

72　村莊一角（隔天，白天）

具先生與美貞在賽跑的最後衝刺階段……

兩人跑到一半，看著樹木在風中搖晃……

具先生看著美貞，當美貞轉過來時，具先生閃避了眼神，然後又瞥向美貞，對到眼時就別過頭……反覆動作，然後具先生開了口：

具先生 我崇拜你。

美貞 ！

語調猶如在傾訴「我愛你」，具先生語畢後笑了，美貞也笑了，特寫兩人的模樣。

12

EPISODE

「正因為大家都在演戲，地球才能井然有序地運轉。」

1　家・客廳與廚房＋庭院（白天）

電視的聲響傳出，洗碗槽裡堆滿髒碗盤，餐桌上是收拾到一半的餐具，琦貞收拾到一半去用手機，蹲在桌邊，笑臉盈盈。

〔INS. 與泰勳的訊息：「我在去教堂的路上。」琦貞回答：「好的，請認真祈禱／抱歉，這是我星期日的固定行程／別這麼說，有一個能在星期日早上傳訊息的男人就已經讓我很滿足了。」〕

這時美貞做好準備走出房間，從冷凍庫拿出冰水以及一罐大保溫瓶，戴上帽子……

2　家・庭院（白天）

具先生也穿上要去田裡的服裝，從家裡出發，慧淑在晾全家人的衣服，美貞走出來。

美貞　我出門了。

慧淑　路上小心。（朝具先生說）別太累啊。

具先生稍微低頭問候，接過美貞手上的物品，兩人離開，慧淑回頭繼續晾衣，然後看到還泡在肥皂水裡的運動鞋。

慧淑　（朝家裡，大聲）還不趕快出來曬鞋子？

3　家・客廳與廚房（白天）

琦貞仍喜孜孜地盯著手機，
這時慧淑（拿著空的洗衣籃）一進門就大喊，
琦貞再看了一眼手機，然後把剩下的餐盤收至洗手槽。

慧淑　（生氣）我不是說要趁有太陽的時候曬鞋子嗎！
琦貞　（生氣）你不是叫我洗碗？
慧淑　你碗都還沒洗……（疲憊）我應該要摔壞你手機才對……

琦貞趕緊收起手機……迅速洗碗。

慧淑　明明沒有人在看電視，幹嘛不關掉？（氣憤地關電視）

4　村莊一角（白天）

美貞與具先生走著，不遠處有頭山羊被綁在樹叢間吃草。

美貞　以前我們家也有養羊，養牛跟養羊的時候總是對牠們感到抱歉，因為最後要宰殺來吃……
具先生　……（明白）
美貞　山羊很喜歡跟著人，牠那麼喜歡跟著我……所以……覺得有點過意不去。

具先生　最後吃了嗎？那頭喜歡跟著你的羊？

美貞　把牠跟鄰居家的調換了。

具先生　？

美貞　我們原本就會交換牲畜來吃。

具先生（感覺這樣更殘忍）何必交換？乾脆不吃就好了啊。

美貞　難不成要丟掉嗎？

具先生　可以繼續養啊。

美貞　養不了，山羊的食量很大，除了睡覺之外的時間都在進食，爸爸就是割草割累了，所以抓來吃。

具先生認為父女倆看起來很單純，其實很殘忍，不知道他們原來應該是要戒備的人。

具先生　都幫牠們取名了，忍心吃下肚嗎？

美貞　沒有取名。

具先生　？

美貞　要吃掉的東西，我們不會取名。

具先生明白意思，發出乾笑。
然後追逐起加快腳步的美貞……

具先生　喂，快點幫我取名字，快點！好讓你不會把我抓去吃掉！

美貞　不是叫具先生了嗎！

5　農地（白天）

濟浩與昌熙在田埂鋪上黑色塑膠袋，替播種白菜做準備，另一邊有苗床，具先生與美貞抵達。

昌熙接過具先生手上的結凍水，大口喝下，冰似乎尚未完全融化，嘗試多次後才喝到水，具先生抵達農地後馬上接手濟浩的工作。

6　教堂（白天）

一如往常的週末時光，泰勳與熙善各自與人交談，泰勳往一邊望去，看見宥林和朋友們開心地談天，泰勳盯著看，當宥林向朋友道別後馬上恢復面無表情，泰勳趕緊結束與他人的對話，跟宥林一起離開，熙善隨後也過來。

一行人來到停車場，泰勳發動汽車。

泰勳　想吃什麼？

宥林　（走近車子）壽司。

泰勳　沒問題！

熙善　我們宥林真會選。

宥林與熙善坐在後座，泰勳坐在駕駛座。

7　泰勳家（白天）

桌上裝泡麵的鍋子已經吃得一乾二淨，景善懶散地坐著看電視。這時開門聲響起，熙善、宥林、泰勳進屋，景善毫不在意。

熙善　（朝回房的宥林說）要戴帽子，還要擦防曬，記得擦到手臂。

泰勳　還有膝蓋護具。

熙善　（朝景善說）叫你出來不出來，吃什麼泡麵……（把外帶壽司盒放到桌上）趕快吃，這是特級壽司，還有海膽，是泰勳買的。

景善看都不看一眼，泰勳則是瞥了一眼後回房，兩人關係緊張，熙善從冰箱拿出水與果汁，放進包包。

鏡頭跳轉，泰勳換好衣物走出房間，熙善將包包遞給他。

熙善　小心車子，回來的時候記得買宥林的直笛。（大聲朝著已經出門的兩人說）去樂器店的時候記得要試吹，不要亂買。

泰勳　（E）知道了。

景善　（直到現在才打開壽司）臭……小……

熙善　（假裝沒聽到，在廚房裡忙碌）

景善　（邊吃）神經病……裝得一副清高樣……結果在背後亂來……

熙善　你別管了，就裝作不知道吧。

景善　他現在是該談戀愛的時候嗎？

熙善　（猛然）那你要他直到宥林長大都不交女朋友嗎？

景善　！

熙善　琦貞很不錯，不是那種會麻煩男人的人，所以不要擺臉色給他看，別管了。

景善　廉琦貞有可能只談戀愛嗎？都一把年紀了！

熙善　……如果結婚的話，我們三個人自己住。

景善　……我們三個？為什麼只有我們要犧牲？

熙善　那你也搬出去啊！我只要跟宥林住就好。因為有宥林，才能像個人活著，如果沒有宥林……我們什麼都不是，一想到他們婚後會帶著宥林出去生活，就讓我心如刀割……一點人生的意義都沒有。

景善　（眼角濕潤，看著熙善，嘴裡塞滿壽司）

8　公園（白天）

一旁有自行車，

泰勳流汗，遞水給宥林，

泰勳也喝水休息。

宥林　（不看）為什麼跟姑姑吵架了？

泰勳　（！）沒有吵架。

宥林　……

泰勳　沒事的。

宥林　……

泰勳　……

9　餐廳（隔天，白天）

振宇跟金理事並肩而坐，看著滿臉笑容的琦貞，
琦貞既害羞又靦腆。

琦貞　明明是句老套的話，但親身經歷過後，真的覺得這句話形容得恰到好處。

振／金（眼神期待）

琦貞　感覺要飛起來了。

振／金（羨慕……）

琦貞　我感覺自己從未這麼輕鬆過。

振／金（真心羨慕……）

琦貞　我弟曾這樣說我：不認識我的人是最有福氣的，因為只要是我認識的人都會被我罵，只要一認識，我就會說對

方的閒話，就算是公認的好人，我也會雞蛋裡挑骨頭。

金理事（朝振宇說）看來我們也沒逃過。

振宇 我一定很多次，理事長頂多一、兩次。

琦貞 （無法否認，眼神來回多次後低頭，然後繼續話題）但現在我對誰都無法惡言相向了，當我放下這種想法時……竟然舒暢許多。沒想到憎恨是這麼沉重的東西……以前我總感覺這塊地有股力量牽制著我……（深呼吸）所以真的要飛起來了。

金理事 真好，你們應該每天見面吧？

琦貞 沒辦法很常見面。（難以啟齒泰勳是單親爸爸）他很忙，而且……光是「有個人在」的感覺就很足夠了。

金理事（自嘲）我則是有人卻感覺跟沒有一樣。（意指丈夫）

振宇 而我是完全沒有。

琦／金（困惑？）

振宇 我分手了。

琦／金（天哪……）

10 美貞公司．大廳（白天）

美貞與同事吃完午餐回公司，手上拿著咖啡，走向電梯，已經站在電梯前的泰勳看到美貞，隨即問候。

泰勳 用過餐了嗎？

美貞　用過了。

兩人禮貌性微笑，氣氛尷尬，
泰勳心想要先主動開口。

泰勳　你應該有聽你姊說了吧？

美貞　有……

不好意思繼續說下去，兩人陷入尷尬，
這時電梯抵達，一同搭乘。

11　工廠（白天）

切割機已啟動，準備切割木材，
具先生負責切割，濟浩在旁邊看。

濟浩　從左方緩緩地推出去……

具先生謹慎地切割木材，濟浩耐心指導，
具先生切割完後，濟浩也開始忙碌。

12　大眾三溫暖（白天）

#濟浩與具先生推開寫著「三溫暖」字樣的門。

#三溫暖入口有座舊鞋櫃。

牆上釘滿鞋櫃，鞋櫃門有點傾斜，具先生丈量尺寸，濟浩在類似設計圖的紙上寫下尺寸。

13　行進的卡車（白天）

具先生駕駛卡車，濟浩看著圖紙。

濟浩　一定要先收一半的定金，一定要收到木材的費用，這樣裁切後就算取消也不會吃虧，如果都切完了才取消，那就真的賠錢……然後盡量不要接裝潢業者的訂單，他們都要等到跟屋主拿錢，太麻煩了。

具先生　……

14　工廠前＋工廠（白天）

一名男子在工廠前探頭探腦，

無論是衣著或站姿都很不端正，

一旁有男子開來的車，非常粗俗的車款與顏色。

這名戴著墨鏡、打探工廠內部的男子是賢振。

賢振拿下墨鏡，觀察工廠內部，裡面堆滿木頭與木屑，

老舊的月計畫表也映入眼簾（二〇一九年九月的月計畫表），

他心想具先生真的在這種地方嗎？

15　工廠前（白天）

慧淑拿著籃子，裡頭裝滿小南瓜與青蔥，

看到賢振，面露驚訝，因為賢振的打扮跟這裡格格不入。

慧淑　有什麼事嗎？

賢振　（轉身，親切）您好，請問在這裡工作的人都去哪裡了？

16　家・客廳與廚房＋工廠前（白天）

慧淑準備午餐，餐桌上有剛摘的蔥，已經清洗完畢，

她邊流汗邊煎南瓜餅，賢振拿著盤子吃南瓜餅，一邊看著濟浩六十歲左右（二〇一四年）時拍的照片。

賢振　三姊弟都長得真好啊，但看來還沒有結婚吧？因為沒有結婚照。

慧淑　對……都死賴在家裡。

賢振來回看著照片裡的琦貞與美貞，心想會是誰，
有預感具先生跟其中一人有關係，
這時外頭傳來汽車聲響。

慧淑　（望向窗外）他們回來了。

賢振也轉過頭。

17　工廠前＋家・客廳與廚房（白天）

#濟浩與具先生下車，看見陌生的車子，走進家中。
#賢振透過窗戶盯著具先生看。
心想這傢伙完全在演另外一個人的人生。
#具先生跟在濟浩身後，然後望見玄關有雙陌生男人的鞋子！

賢振　（嘻皮笑臉）您好。

具先生一看，心想：「竟然是賢振！」
濟浩則是困惑。

慧淑　這位是具先生的前輩，聽說電話都打不通，所以就直接過來了。（看具先生的臉色）
賢振　（鞠躬）您好，初次見面。

濟浩　（主動握手）你好，很高興認識你。

兩人握手時，濟浩看到賢振手上滿是飾品。

濟浩　請坐。

賢振　我等好久，肚子都餓了。（朝站著的具先生說）坐吧。

具先生　……（坐下）

賢振　你又喝到不省人事了嗎……（拍了一下具先生）小子，要記得接電話啊。（看餐桌）哇，我知道他為什麼會待在這裡了，如果是我也想住在這裡。

賢振笑著看具先生，但一看到具先生毫無表情的臉馬上別過頭。

慧淑看出這微妙的氛圍，小心翼翼地觀察眾人。

賢振　雖然是前輩……但我可是靠他吃飯的，他是老大呢，所有人都要聽他的。

慧淑　菜會冷掉，趕快吃吧。

賢振　我開動了。

具先生拿起湯匙看賢振，賢振雖然意識到具先生的視線，但不理睬。濟浩的眼神一直離不開賢振那戴滿飾品的手腕。

濟浩　（即便如此，仍對慧淑說）要不要喝一杯……

賢振 不用、不用，我開車過來的。

18 行進中的賢振車內（白天）

具先生壓抑怒氣，賢振則是邊開車邊意識到具先生的不悅。

賢振 臉不要那麼臭啊。

具先生 杉植那傢伙……（覺得是杉植暴露自己在哪裡）

賢振 （可惡……）

氣氛緊繃又沉默，

具先生用責備的眼神盯著賢振，然後又瞥向別處。

賢振 怎樣？

具先生 ……

賢振 可惡……

具先生 你明明可以在附近等我。你是為了要讓我難堪所以找上門的吧？

賢振 ……（什麼）難道你覺得我很丟臉嗎？

19　村莊一角（白天）

車子停在無人的空地，兩人氣氛緊張。

賢振　你在這裡幹嘛？好玩嗎？演戲很好玩嗎？

具先生（不悅）

賢振　臭小子，別演戲了！就算說當木工是你的興趣我也很難相信。想想那些靠你吃飯的人吧，你明知道他們都不好過，勝宰下海當牛郎了，永日在廚房削水果，他們還叫我去拉客，我們只是被捆綁銷售賣到你手上的人，哪有自力更生的能力？對不起，臭小子，我當哥哥的還要靠你混口飯吃，所以當申會長要你回去時，你就應該心存感激地接受啊，為什麼要讓一個老人吃閉門羹？他都找到這裡了！你現在不會死在白社長的手裡，而是申會長。

具先生　……

賢振　你在這裡有女人了吧？

具先生　！

賢振　臭小子，我就知道。

具先生　！（可惡）

20　村莊一角（白天）

具先生像正在進行默語修行的人走在路上，肩上扛著大型遮陽傘，走了好一陣子。

不遠處能看見那些野狗，野狗們豎起耳朵，窺探是否有食物，具先生不理會牠們，也不感到懼怕，逕自往田裡去。

野狗紛紛吠叫，具先生絲毫不顧牠們，有些狗跑到較遠處，有些仍留在原地。具先生把大型遮陽傘插在地上，還用石頭壓緊四周，然後走出田裡。隨後又做回默語修行的人一直走，風在耳邊吹，雛菊隨風搖動，具先生不斷走著。

21　美貞公司・辦公室（白天）

美貞坐在位子上工作。

志希　天哪。

美貞聽到後看向志希。

志希　出走同好會有新成員加入了，（指自己的電腦）會是誰？

美貞　（望向）

志希　什麼⋯⋯

美貞　（微微睜大雙眼）

22　咖啡廳或是餐廳（晚上）

香琪滿臉笑容地坐著，帶著「我的出走日記」的筆記本，桌子的另一邊坐著美貞、泰勳、向旻。

香琪　那天旁觀之後，我就一直很想加入，直到現在才提起勇氣。我想解放的東西很多，但首先……就是這個表情，（滿臉笑容）我沒辦法做出無表情的臉。

自始自終都是無表情的向旻，困惑這是什麼意思，美貞與泰勳瞥了一眼向旻的反應。

香琪　只要面前有人，我就會自動擺出這副表情，我明明一點也不幸福。不，一點也不幸福是假的，但也沒有開心到會露出這樣的笑容。我只要看到人就會不自覺這樣子，所以……去弔唁對我來說太痛苦了……每次去告別式時我都要努力抑制自己的臉……（慢慢放鬆臉部肌肉，變成無表情……然後又笑）我真的很累……

泰勳跟美貞明白香琪的難處，
向旻則是維持面無表情。

向旻　歡迎你，首先出走同好會的原則是——
香琪　我知道，不給予建議，不給予安慰。

向旻　那是附加規定……

香琪　啊。

向旻　（朝泰勳說）請向她說明。

泰勳　因為同好會的宗旨是要幸福起來，所以為了更坦承地面對自己的人生，我們訂定了三項原則。

香琪　（點頭）

泰勳　一、不假裝幸福。

香琪　（冷靜且專心）這很適合我，不假裝幸福。

泰勳　二、不假裝不幸福。

香琪　（？）好……

泰勳　三、誠實以對。

香琪　……（思索，笑臉）不過，為什麼我……會對誠實……感到害怕呢？

泰勳　只要對自己誠實就好，在心裡誠實。

香琪　原來如此，嚇我一跳，差點就要退出了，因為太害怕了，哈哈哈。

23　行進的社區公車內（晚上）

美貞提著便利商店的塑膠袋，

看著與具先生的聊天室。

「要買起司，還是肉乾？」的訊息沒有答覆，就連「最後兩個都買了」的訊息也仍未讀，美貞撥打電話，然後看到前方突然張大雙眼。

#社區公車開過具先生身邊。

24　村莊一角（晚上）

塑膠袋傳來燒酒瓶碰撞的聲音，

具先生似乎已經喝過酒，氣喘吁吁地走著……

美貞站在前方的公車站，她中途下車等具先生，

具先生看著美貞……

具先生 哇……是廉美貞……（冷淡又裝模作樣）

美貞　（感受到異樣，擠出笑容）

25　村莊一角（晚上）

並肩同行的兩人。

美貞　我原本以為她真的活得很快樂，看來大家都演得很辛苦。

具先生 哪有不演戲的人生？

美貞　你也在演戲嗎？

具先生 無時無刻。

美貞　（驚）

具先生 你不演嗎？

美貞 演啊……裝得乖巧的樣子。

具先生 ……

美貞 但換個角度想，正因為大家都在演戲，地球才能井然有序地運轉，如果我打算今天不演戲了，（停頓思索）我可能會把人類抓來吃。

具先生 ！

美貞 我很奇怪，只要看到可愛的東西，就會想要揉碎吃掉，一口吃掉。

美貞瞥了一眼具先生，
具先生停下腳步，看著美貞，
感覺要制止眼前這個女人才行。

具先生 ……你真的什麼都敢說了呢。

美貞 ……

具先生再次闊步，美貞追上去，有些難為情。

26 餐廳前（晚上）

昌熙出來接聽電話，敏奎跟男子1出來抽菸。

昌熙　（看手機）鄭前輩的爸爸至少比她好，雖然也是難搞，但不會讓人吐血。聽說鄭前輩罵人罵了一個小時，而我根本不認識對方，她最後說是因為對方長得跟我很像，所以挨罵。（不敢置信）

男子1　看來……車子的效用已經漸漸消退了？

昌熙　（雖不想承認，但似乎是如此）

男子1　我覺得比起名車，談戀愛還是比較有用。（趕緊說）我是說談戀愛喔，絕對不要結婚。

敏奎　有婦之夫你怎麼這樣說？

男子1　我真的很愛我們家時希，真的很愛，但是……（嘆氣）太累了。（這時，朝遠處揮手）喔！多姸！

昌熙　！

多姸走向他們，彼此問候。

昌熙　下班了喔。

多姸　嗯。

敏奎　我以為你不來了。

多姸　我原本打算回家……但聽說昌熙也在。（對昌熙一笑）

敏奎與男子1發出歡呼聲，
昌熙感到害羞，多姸走進餐廳。

男子1　人家都這麼直接表示了，你怎麼裝傻？

昌熙　什麼直接表示啦……

男子1（驚）不然還要多直接？

昌熙　（猶豫過後，進餐廳）

27　餐廳（晚上）

同學會的場合，大約坐滿兩桌，

昌熙與多妍座位緊連，男子1在抱怨。

男子1　經歷了我自己的入學考試、就業、生小孩、養小孩之後，我又要再經歷小孩的考試、就業、生小孩、養小孩，男女相遇後，其實只要維持兩個人就很好，但「我們別生孩子吧」這句話聽起來很像是在冷酷地說「我沒有那麼愛你」。我說不出這句話，只好開開心心地手牽手打開這扇充滿試煉的大門，然後又創造出另一個要承受這個苦痛的人。（看著在場的男子）所以不生小孩，絕對不是不愛你們……女生們都聽懂了嗎……嗯？昌熙？

昌熙　（朝多妍笑）聽懂了嗎？

多妍　（微笑）

昌熙　（靦腆地低垂視線）

男子2　喂，你們之前也是這種曖昧的氛圍，怎麼現在還是這樣？到底是……

昌熙　（朝多妍說）要不要哥哥今天……載你回去？

眾人發出歡呼聲，然後開始哼唱結婚進行曲……

多妍開心得不得了，撕著魷魚。

正當她想吃時，男子1隨即把魷魚搶走。

男子1 喂、喂、喂，他都說要載你了，還吃什麼魷魚，吃水果吧。

昌熙與多妍尷尬地面紅耳赤。

（男子1與男子2在第五集與第九集出現的演員相同）

28 餐廳‧路邊停車場（晚上）

昌熙在使用手機，多妍在一旁，一輛計程車過來，敏奎和男子1、男子2朝眾人道別。

即使計程車門已經關上，眾人仍一直唱著結婚進行曲，

多妍露出害羞的笑容，計程車駛離，

昌熙再次撥打電話給擋住高級轎車的車主。

多妍 沒接嗎？

昌熙在等紅綠燈的時候持續撥打，但似乎一直未接，他掛斷電話。

昌熙　你等一下。（進入附近的餐廳）請問這裡有****的車主嗎？

昌熙再度詢問其他間餐廳，
並且在大樓內跑來跑去。
#一段時間過去，多妍收起原本羞澀的神色……看著路邊，
昌熙從遠處的餐廳走出來，不斷盯著手機，仍然無法聯繫上車主，多妍看著懊惱的昌熙。
#似乎已經叫了計程車，昌熙與多妍站在路邊，昌熙面露憤怒與疲憊。

昌熙　抱歉。
多妍　沒關係，下次再載我就好了。（看遠方，向計程車招手）車來了，我先走了，等一下別吵架喔。
昌熙　路上小心。

多妍坐上計程車。

多妍　我走了。
昌熙　再見。

計程車駛遠，昌熙沮喪地望著計程車，殊不知那輛擋路的車子突然傳出解鎖聲！昌熙一聽到聲音馬上怒火中燒，心裡不是滋味……一名男子走近車邊。

昌熙　先生。

男子　嗯？

昌熙　（生氣）你怎麼可以不接電話，車子還擋住去路！

男子　（訝異，拿出手機）我沒有接到電話啊……

昌熙　（要瘋）怎麼可能沒有？我都打了好幾通了！

男子　真的啊！（拿出手機）你看，真的沒有未接來電。

昌熙　這！（拿出自己的手機）你看，我打了這麼多通。

男子　（看昌熙的手機畫面）你打錯電話了！不是0，是8。（指著車上的電話號碼）

昌熙　！（來回看手機與車上的號碼……非常難為情……）

男子　結果你一直打同一支錯誤的電話……我把車子停這樣，怎麼可能不接電話！（自言自語）我就覺得奇怪，怎麼沒有人通知我要移車。

昌熙　……那你也該出來看一下吧！

明知是自己的失誤，仍感到滿腹委屈，因此更加生氣，
即便那輛車已駛離，昌熙仍站在原地，無法釋懷，
不久後才上車，開離停車場。

29　咖啡廳（晚上）

泰勳與琦貞相對而坐。

琦貞　跟住京畿道的女人交往的方法，就是絕對不要載她回家，因為載完後回家要開很～久，絕對不會想載第二次，可是既然已經載過一次，如果不繼續載好像……會對不起……我會過意不去……所以請從第一次就別讓這種事情發生。如果有人說要載我，我都一律拒絕，然後馬上跑走，即使末班車都開走了，我還是會說有車，然後拔腿就跑。

泰勳　……（笑）

琦貞　好，那再來請告訴我和單親爸爸交往的祕訣。

泰勳　（遲鈍片刻，微笑）

琦貞　沒事的，這我得知道才行。

泰勳　……聖誕節、新年……這種節慶時我們沒辦法見面。

琦貞　……

泰勳　這些應該跟喜歡的人一起度過的節日，卻要自己過……可能會讓你很氣餒。

琦貞　（好像懂了……隨後趕緊說）我不是很重視情人節那種日子，還有嗎？

泰勳　再來……相信你也有想到，就是會比較忙，容易有突發狀況，也會有臨時取消約會的時候。

琦貞　那種時候請務必連一秒也不要猶豫（強調「一」），馬上打電話給我，不用感到愧疚，馬上放我鴿子也沒關係，不要有壓力！

泰勳看著琦貞露出笑容。

30　公園（白天）—回想

宥林　（不看）為什麼跟姑姑吵架了？

泰勳　（！）沒有吵架。

宥林　……

泰勳　沒事的。

宥林　……

泰勳　……

宥林　你喜歡那個阿姨嗎？姑姑的朋友。

泰勳　！

宥林　……

泰勳　……

宥林　喜歡她哪一點？

泰勳　……她讓爸爸……有時間休息。

〔INS. 琦貞：「請休息一分鐘。」泰勳對那件事感到很感激，雖然短暫，但泰勳臉上露出感謝與平靜的笑容。〕

泰勳　在她面前不用表現得特別開朗或活潑，因此我喜歡她。

宥林　……

泰勳　你也知道爸爸不是開朗的人。（朝宥林露出苦笑）

宥林　……

泰勳　……

宥林　……那就好。

泰勳　……（原本很緊張，聽到後感到感謝）

31　咖啡廳附近（晚上）

泰勳站在車邊，琦貞猶豫是否要搭便車。

泰勳　今天就讓我載你吧。

琦貞　（馬上說）不用了，我剛才不是說過了嗎？真的不用，我走了。

泰勳　是我想載才說的，上車吧。

琦貞　從這裡去搭電車很快，你不用麻煩了啦，再見。（離開）

泰勳　我是真的想載你。

琦貞　（邊走邊阻止泰勳）唉唷！（爽朗）趕快回家吧。

泰勳　……

琦貞　（快速疾走，突然想到）我在想什麼，如果不上車要在哪裡親嘴？（猛然）我到底在幹嘛！這就是今天要親嘴的意思啊！！

琦貞繼續走。

硬是擠出微笑轉過身，看著獨自站在車邊的泰勳，暗自感到可惜，又繼續走……

泰勳看著琦貞的身影，然後往車邊走，琦貞卻突然轉身。

琦貞　（大聲）下次要一起睡喔！

泰勳　！！

琦貞尷尬地馬上轉身，轉為無表情地走著，
泰勳站在原地不知所措。

32　昌熙公司・辦公室（隔天，白天）

昌熙神情緊繃地盯著電腦，雅凜氣得整個人往後倒，雅凜的行為使昌熙感到不悅。

雅凜　不是啊，為什麼要由總公司的員工出來道歉，是我嘆氣了嗎？明明是店長嘆的氣！雖然在尖峰時刻拿十元與一百元的銅板來買香菸的人的確不正常，但在客人都看得到的地方邊嘆氣邊數錢的店長也不對吧？那麼忙耶！

雅凜氣得往後癱在椅子上，大聲嚷嚷的舉止已經妨礙到其他同事工作，昌熙也心生厭煩。

雅凜　（生氣）為什麼我要替他道歉，根本跟我毫無關係啊！

江組長（受不了）你冷靜一點。

雅凜　這不對吧？我們為什麼要替店長跟客人之間的恩怨道歉？這像話嗎？廉代理，你不覺得不合理嗎？

昌熙　（感覺下一秒就會爆發）

江組長（急忙）廉代理，等一下去兜風吧，我要去江東分社一趟，可以嗎？

昌熙　（以哀怨又委屈的眼神看著江組長）

江組長（不明白那道視線）

33　公司附近・道路一角（白天）

江組長、昌熙、敏奎不知所措地站在車尾，氣氛有些凝重，江組長望向車尾，下方有刮痕，昌熙氣得看不下去，江組長與敏奎不知道該如何安慰昌熙。

敏奎　是昨天在餐廳刮的？

昌熙　（OL）不是，我前面有車擋住，不可能從後面擦撞。

這時一名男子從遠方跑來，一邊問候。

江組長 來了。（指著具先生的車）這裡，這是我部下的車。

男子　唉唷，真是事業有成。

江組長（OL）那不重要，你看看那裡（刮痕）。

男子　（研究）這是什麼時候弄到的？

江組長 不清楚，聽說今天出門就這樣了，而行車紀錄器……裡面沒有記憶卡。

男子　這樣啊……

江組長　這種車子除了行車紀錄器，沒有其他東西了嗎？

男子　哪有可能有那些東西呢？（研究）看這個刮痕的位子，應該是小轎車，（研究烤漆）應該是**色的車。首先要盡可能回想先前把車子停在哪裡，然後去找那裡的監視器，只要去報警就可以看監視器的內容。

江組長　我確實有想到一個地方……昨天白天停在那裡……但是……那裡沒有監視器。

男子　唉唷……真是霉運當頭。

江組長（瞥見昌熙的臉色，朝男子用力使眼色）

男子　（急忙）現在只能向當時停車在那裡的人討行車紀錄器了。

江組長　要怎麼找到停車在那裡的人？

男子　可以問現在停在那裡的人，昨天是不是也停在那裡……如果是再請他們提供監視器。

江組長（看著昌熙，感覺仍然有希望）

男子　要快點喔，紀錄器的畫面一天就會刪除。

江組長　一天？（看昌熙）

昌熙　（看時間……認為機會渺茫）

感覺要找到犯人非常困難。

江組長（有些不滿）開這種車時應該上下車都要巡視一圈吧？

昌熙　……一開始有啊！

34　美貞公司・辦公室（白天）

鏡頭拍攝崔組長的位子。

崔組長　公司要辦設計大賽，第一名應該要是設計組的人才對吧？這次如果又讓其他部門得第一，我們就顏面掃地了，金志希。

志希　好。

崔組長　韓秀珍。

秀珍　好。

崔組長　大家皮繃緊一點。

美貞沒有被喊到名字。

崔組長　想想獎金跟人事考核，不是很值得努力嗎？

美貞　……

35　美貞公司・茶水間（白天）

美貞在裝水，寶蘭在泡咖啡。

寶蘭　（低聲）心情好差，每次都這樣挑人叫……姐姐，這次你拿第一名，轉正職吧，如果今年沒有轉正職，你就得離開公司了不是嗎？他們怎麼可能開除設計比賽第一名的人？姐姐，從今天開始咬緊牙關，熬夜加班吧，明年再換我拿第一名……

美貞　（笑）

寶蘭離開，美貞沉浸於思考。

36　家・外觀（晚上）

37　家・客廳與廚房（晚上）

一端已擺放好祭祀桌，慧淑用毛巾包住頭，將小菜放進碗盤，擺到桌上，琦貞則是將煎餅放在盤內，美貞坐著擦拭水果，擺放在盤中，她由於白天的事心情沉重，慧淑突然想到某事，急忙起身……

琦貞　又怎麼了？

慧淑撥打電話，濟浩的手機響起。

慧淑　（掛斷）這傢伙又不帶手機出門了。（忙碌）打電話看看昌熙在哪裡，要他買明太魚乾回來。

美貞　（拿起一旁的手機撥號）

38　村莊一角·文具店（晚上）

濟浩一手拿著韓紙捲，一邊挑選該買哪種筆，聽到窗外嘈雜的音樂，感覺就是年輕人開的車。當他往外一看時，卻看到昌熙走下車！急忙走進一旁的超市。

濟浩　！

濟浩再次看向架上的筆，但滿腦子都是剛才的畫面。

39　村莊一角（晚上）

昌熙買完明太魚乾後急忙上車，對面的濟浩走出文具店，靜靜看著昌熙離去。

卡車停在一邊，直到昌熙已經開得夠遠時，濟浩才上車。

40　家·客廳與廚房（晚上）

濟浩穿著整齊，站在祭台前，昌熙坐在椅子上用手機查詢如何更換保險桿，網頁搜尋顯示更換保險桿需要二千萬至三千萬韓元左右，昌熙默唸「太誇張了」，感到煩躁，不停抓頭。

慧淑更換衣物，整理頭髮走出房間，昌熙見狀收起手機，站著的美貞與琦貞也找好位子，

慧淑倒酒，濟浩將酒放上祭台，

濟浩行禮，眾人一同行禮，

慧淑有隻腿無法跪坐，只能單邊跪下，但仍相當誠心誠意地進行跪拜禮儀。

先起身的昌熙看到慧淑不方便，一下子收起浮躁的心情，

眾人繼續行禮。

41　家．庭院（晚上）

濟浩點燃紙牌，

讓點燃的紙牌不墜落到地面，往天空飛去。

42　家．客廳與廚房（晚上）

昌熙與琦貞收拾祭台，

美貞把水果放進籃子，

昌熙與琦貞把桌子移至中央。

慧淑　（盛湯）叫具先生來喝一杯吧。

美貞傳訊息，濟浩進屋，

畫面跳轉，大家安靜吃飯，

昌熙喝酒，

濟浩臉色沉重，不看昌熙……

濟浩　車子……用多少錢租的？

慧淑面露困惑，昌熙也不解。

濟浩　（邊吃）斗煥咖啡廳前的那輛車，你花多少錢租的？

昌熙　我哪租得起那種車……是朋友的車。

濟浩　哪個朋友？

昌熙　……爸爸你怎麼可能認識我所有朋友？反正就是朋友的車。

濟浩　（看著他）哪個朋友？

昌熙　（受不了，氣得直盯）具先生！

濟浩　！

昌熙　沒錯，具先生是超級有錢人。

濟浩　！

昌熙　是他讓我開的。

慧淑不敢置信，想起先前來過家裡的賢振，

濟浩也將一切異狀串連起來了。

琦貞　爸，美貞釣到金龜婿了，接下來不愁吃穿了。

美貞　……

琦貞察覺自己無法轉換氣氛，只好沉默地吃飯，

濟浩也繼續吃飯，然後——

濟浩　不要開別人的車。

昌熙　我們都是在同一個屋簷下生活的人，他把車子借我開，我為什麼不能開？我一輩子都開不起那種車，難道不能沾光嗎？爸爸……你怎麼就是看不慣我開心的樣子？

濟浩　（大聲）為什麼要開別人的車？那又不是你的，況且還是好幾億的車！

眾人繃緊神經，不敢呼吸。

琦貞　（大聲）你就說聲知道了，然後偷偷開就好，幹嘛狡辯！

昌熙　可惡！

慧淑　（OL）具先生要來了，別吵了。

眾人　！

慧淑　（朝濟浩說）具先生要來了。（意同先別生氣了）

不久後，具先生進屋。

慧淑　過來坐。

昌熙感到委屈，但仍空出位子，
慧淑起身，拿出酒杯放到具先生一旁，
濟浩雖然心情複雜，依然替具先生倒酒，
具先生接過酒，感受到氣氛有異，
雖然大家都低頭吃飯，但表情凝重，
美貞突然起身，準備托盤與碗盤，開始挾菜。

慧淑　怎麼了？
美貞　……端去那裡（具先生家）吃。
慧淑　（眼神示意）在這裡吃就好。

美貞猶豫片刻，不得已才將托盤放到一旁，
眾人沉默地吃飯，
美貞感到難受，
具先生察覺氣氛不對勁，但沒有多做反應。

43　斗煥咖啡廳（隔天，白天）

昌熙懊惱地坐著，斗煥抓抓頭看著車尾。
（車子停在路邊，鏡頭的角度看不到車尾）

斗煥　你最好不要自己亂修把車子搞壞，老實跟他說吧。

昌熙　……

斗煥　跟哥據實以告，然後挨揍個幾拳，讓保險去賠吧。哥一定有保險，百分之百有，一輛沒有在開的車子怎麼可能沒保險？

昌熙　……

44　家・客廳與廚房（白天）

昌熙坐在玄關，還沒下定決心跟具先生說，突然看到自己穿著拖鞋，安靜地換成運動鞋。

45　具先生家前＋斗煥咖啡廳（白天）

#具先生家前，具先生面無表情地走出門，昌熙跟在後面，保持一定的距離，神色緊張。

#斗煥在車子附近，一看到具先生出現就退後。

斗煥　（有禮）哥，你來了。

具先生安靜地來到車邊，眼神有些改變，

具先生走向昌熙，

昌熙慢慢退後，

具先生拔腿衝向昌熙，

可惡……昌熙也開始奔跑！

46　村莊一角（白天）

兩人似乎跑了一陣子，四周場景改變，

昌熙仍奮力奔跑，具先生追在他身後，

特寫昌熙的表情。

昌熙　（E）哪種情況會比較好呢？為了讓哥不那麼辛苦，現在停下來跪著道歉嗎？還是讓他跑到沒有力氣揍我呢？他會沒有力氣揍人嗎……

昌熙回頭一望，在他猶豫的同時，具先生已經大幅拉近距離！

昌熙加快腳步，

兩人就這樣跑過堂尾站。

47　村莊一角（白天）

昌熙露出疲憊，降緩速度……已經雙腿無力，但為了活下去而死命奔跑。他稍微轉頭，具先生仍然保持速度，看起來沒有要抓他的念頭，感覺沉浸在自己的世界，跑著馬拉松似的。鏡頭特寫具先生。

女人　（E. 冷酷）你這種人。

奔跑中的具先生……

女人　（E）你這種人。

具先生（E）吵死了，我這種人我自己知道就好，你沒必要裝懂然後來指責我。

〔INS. 美貞：「很透明。」〕
具先生汗如雨下，斗煥騎著機車過來，
斗煥放慢速度，將水瓶遞給具先生，
具先生喝完後把水瓶還給斗煥。
斗煥加速來到昌熙身邊，
昌熙也喝口水，然後往頭上倒……
斗煥接過水瓶，往一旁離開。

昌熙又繼續拚死地奔跑……

昌熙　（E）沒有一件順心事……

〔INS. 邊尚美的便利商店，昌熙與賢雅一起，說完這句台詞後——〕

賢雅　我曾經想當編劇，於是看了一本關於寫作的書，書上說一部好的電視劇的內容就是要主角為了達成某件事而竭盡所能……然後要以失敗告終才行。我看到這點就放棄了，跟人生一樣的戲有什麼好看？多無趣。

昌熙依然在奔跑，看上去已經接受了這就是人生，
剛才那條路繞過堂尾站的一側，
而這條路則是通往堂尾站，
兩人好似繞著村莊在跑。
〔INS. 堂尾站的月台，不遠處……鐵路的盡頭有電車進站……〕
昌熙奔跑著，噹噹噹噹……也能聽見電車進站的聲響。

賢雅　那個人說想見你一面，因為我每天都在說昌熙、昌熙……

昌熙用一副落魄的臉往月台跑去，準備搭車，使出最後一股力氣加速。
昌熙跑進車站後，具先生也跑進車站。

48　堂尾站月台（白天）

電車進站，車門打開，
昌熙雙眼無神地跑下階梯，

進入電車。

49 電車內（白天）

（搭上車後）昌熙轉身查看，往前車廂走去。

50 堂尾站月台（白天）

具先生也跑下階梯。

51 電車內（白天）

昌熙往車頭走去，車門關閉，

昌熙邊移動邊往後看，

電車發動，

畫面跳轉，

電車行駛中。

昌熙往前走了好幾節車廂，找到一處位子坐下，看著車門，

調整呼吸，沒有看到具先生的身影。

喘氣的昌熙，心想具先生應該沒有跟上，

逐漸恢復平靜。

52　電車內（白天）

具先生其實也在車上，

他站在門邊，臉色疲倦，看著窗外的風景。

雖然只要查看所有車廂就可以找到昌熙，但沒有這麼做，

感覺全身喪失力氣，沉浸在思考之中。

#電車駛入地下，具先生的臉蒙上一層灰色，

電車再次回到地面，溫暖的陽光灑下。

#電車內（傍晚）。

電車經過漢江，能看見首爾的風景，

具先生看著都市被夕陽包圍的模樣，似乎看到了過往。

53　頂樓貴賓室（夜晚）

具先生靠在窗邊欣賞首爾的夜景。

賢振從辦公室走出來，服務生指向具先生的位置。

賢振　！

賢振坐在具先生附近。

賢振　你怎麼跑來這裡了？

具先生　……我當老闆的時候，有個小子的行情特別差，但他的

確不討喜，那小子……沒有人性……如果是人……應該……要有點人性才對……（這段期間感受到了何謂人性，因此更有感觸）他一開口就是謊言，自以為是……所以我狠狠地折磨了他。我原以為他已經離開這個圈子，沒想到還在，我很困惑他是怎麼活下來的……原來他去當毒梟了。（看著賢振說）他在賣毒品。

賢振 （這傢伙在講什麼……）

具先生 我不久前看到他，他在白社長的店裡。（結論）白社長那傢伙在販毒。

具先生說完後轉身離開。

賢振 （起身）我要去打垮白社長了喔！我相信你喔！那我去跟會長報告了？說你要回來？

具先生沒有回答，賢振急忙拿起手機跑向某處。

54　醫院・單人病房（晚上）

男子（權赫修，四十歲中半）靜靜地看著昌熙，然後吐氣一笑，閉上眼轉過頭（因為不舒服）。

赫修 原來你長這樣。

昌熙　……我長怎樣？

赫修再度望向昌熙，然後露出笑容，又轉過頭去。

55　白社長夜店前（隔天，白天）

伴隨著響亮的警笛與燈光，警車駛近夜店，
數輛警車紛紛抵達，
便服刑警與警察們迅速下車。

56　白社長夜店（白天）

#社長室，白社長低聲辱罵「臭小子」然後趕緊打開櫃子，拿出中式餐廳的外送箱，迅速更衣。
#大廳裡，警察擠進室內，杉植假裝訝異，但心裡知道。這時偽裝成外送員的白社長穿過大廳，杉植盯著他看。

57　街道一角（白天）

白社長從外送箱拿出自夜店裡攜帶出來的衣服與物品，快速更衣，然後撥打電話，一邊快步離開。

白社長 混帳，你想爬到我頭上是吧！試試看啊，臭小子。所以我才不相信靠牛郎店起家的人，你們這些王八蛋不知道什麼叫光明磊落，我還以為你會跟我正面對決，沒想到竟然從背後捅我一刀！你給我在那裡等著，我現在馬上就去山浦。

白社長掛斷電話，憤怒地走著，看到前方有人出現，嘴裡喊出「唉唷，可惡！」，馬上轉身逃跑。

58　具先生家＋街道一角（白天）

具先生掛上電話，一點也不在乎白社長的威脅。

59　田地（白天）

具先生與美貞替前幾天種的白菜澆水，
具先生一臉無精打采，
美貞看起來千頭萬緒。

60　村莊一角（白天）

具先生與美貞的背景，兩人皆未說話，

就這樣走到一半時——

具先生 我在想要不要離開了。

美貞 ！

兩人前進的速度未變，

美貞明白具先生的意思，一陣子後——

美貞 去哪裡？

具先生 ……首爾。

兩人的背影，彼此沉默了一陣子。

美貞 ……為什麼這麼突然？

具先生 ……就這樣決定了。

鏡頭停在兩人的背影。

61　村莊一角（白天）

美貞未看具先生一眼，逕自走回家中，

具先生也往自家的方向走去……

62　姊妹房間（晚上）

美貞失神地坐在房間正中央，眼睛與鼻子泛紅，

雖不願意，但還是要放手，下定決心後起身。

63　具先生家（晚上）

具先生將酒瓶裝入袋中，整理環境，

美貞進門，

具先生沒有看她，繼續整理，美貞也一起收拾，

兩人陷入尷尬的沉默，然後——

美貞　偶爾還是聯絡一下吧，偶爾碰個面，一個月一次或兩個月一次。

具先生（整理物品）何必呢？

美貞　！（停頓，然後再次整理，但能看出緊張）

具先生　……我想斷得乾淨一點，我以前做什麼工作、怎麼生活

的，我想你也不是毫無頭緒，這裡有這裡的世界，那裡是那裡的世界。

美貞　我說過我不在乎你以前的生活。

具先生　即使你不在乎我的過去，那也不在乎我的未來嗎？

美貞　！

具先生（些許自嘲）這樣的人生我覺得還不錯。

美貞　！

具先生再次著手整理。

具先生　如果你想罵就罵，不要以後再後悔。

美貞　（看著具先生，欲言又止……胸口起伏）

具先生　說啊！

美貞　……

具先生　你不生氣嗎？

美貞　我……（胸口起伏）

具先生　你怎樣？說啊！

美貞　我，不生氣。

具先生（盯著）我說我要離開了，你不生氣？

美貞　因為你想回去啊，我可以叫你不要走，也可以叫你多待一陣子再走。（最後）我覺得很難過……但是我不生氣，我不知道，說不定以後才會生氣。

美貞有些哽咽，具先生不想面對，埋頭打掃。

具先生 你也是，可以的話就搬去首爾住，過得平凡一點，在人群之中過活。

美貞 我現在也很平凡，（欲哭）平凡得讓人厭倦。

具先生（看著）平凡……（該怎麼說才好？）與人們擁有相同的欲望才是平凡，不要想著什麼崇拜或是解放，要像你哥口中那些推著嬰兒車的女人一樣。

美貞 我要把孩子揹在身上。

具先生（好吧，放棄，再次忙碌）

美貞 我想把你揹在身上，想把一歲的你揹在身上。

具先生（可惡，心情很糟，忍不住）所以你才會活成這樣！

美貞 我就要這樣活，我就想這樣子活著。

具先生（別過頭）

美貞 我會打給你，即使你覺得我煩……我不會很常打。

具先生（整理垃圾，強忍內心激動，丟垃圾時發出巨響。）

64 工廠外觀（隔天，白天）

65 工廠（隔天）

濟浩與一旁的具先生都坐著，

具先生似乎已經表明自己要離開，

濟浩的表情既沉重又複雜，沉默一陣子後——

濟浩　……如果想回來就回來。

具先生　……

濟浩起身，看著月計畫表（二〇一九年九月），

計算具先生工作的時數，從錢包裡拿出紙鈔，放進信封……

具先生坐著不動。

66　具先生行駛中的車（白天）

具先生面無表情地開車，

田裡有一隻野狗被關在籠裡，不斷吠叫，

一名公務人員搬移狗籠，放到車上，

遮陽傘翻倒在地……

野狗似乎在對具先生吠叫，

具先生看都不看一眼，

野狗持續吠叫……

67　道路一角（白天）

白社長被追逐，拚命奔跑，

兩名便衣刑警緊追在後，

白社長跑到死巷，情急之下翻過牆，

然後聽到牆壁後頭傳來的辱罵聲。

白社長（E）啊……該……死。

刑警趕緊追上，正要翻牆時發現不對！

刑警臉上露出為難的神情，撥打119。

刑警　你好，我是江南警察局的呂敏九警衛，請派一輛救護車。

#就在刑警通話時，鏡頭短暫拍攝白社長的身影，

他摔落在工地間，身體被刺穿，流著血。

68　具先生家外觀（晚上）

具先生家未開燈，唯有天上的明月。

69　具先生家（晚上）

美貞的啜泣聲在漆黑的空房子裡迴盪，

她站在窗邊流淚，

似乎下班後馬上過來，包包放在一邊，

然後撥打電話。

語音　（E）您撥的電話是空號⋯⋯

似乎已經撥打不止一次，美貞靜靜地收起手機，
表情沒有自憐，但眼淚不停流下，
不時擦拭著眼淚與鼻涕，
鏡頭特寫窗外的月。

70　告別式（晚上）

#白社長的遺像。
#具先生已醉，喝光杯中的酒，臉上帶著笑意看著杉植，然後摸杉植的頭，以疼愛的方式。

具先生　想我嗎？
杉植　⋯⋯
賢振　（在旁邊看著，然後低聲說）你控制一下，大家都在這裡。
具先生　怎麼？有人死了？
賢振　！
具先生　對喔，有人死了。

具先生乾杯，泰然自若地看著參加告別式的人，然後——

具先生（笑）我對於有人死了這種事，就是感到這麼爽快……

表情相當自在，感覺像在自我嘲諷，臉上帶笑。

71　村莊一角（不同天，白天）

落葉飛落，來到秋天，
美貞獨自走在與具先生一起走過的路上。

美貞　不假裝幸福……不假裝不幸……誠實以對……

語氣沉著，表情沒有過多變化，走著。

美貞　（E）我希望所有離開我的男人都不會幸福，就如同那些認為我多麼微不足道的人都應該消失在地球上那樣，我希望他們通通去死……（曾經這樣想，但是）我希望你不要感冒，也不要因為宿醉而痛苦。

這時，救護車的聲音響起，逐漸靠近，
美貞轉過頭，救護車經過她身邊。

72　都市一角（晚上）

二〇二二年冬天，救護車的聲音漸行漸遠，

美貞走在都市內的背影，然後突然轉身，

抬頭望向天空，開始飄起雪，

美貞再次往前走。

演員訪談

「我想把金智媛帶往更寬廣的世界。」

金智媛

(飾　廉美貞)

許多評價寫到你在這個充滿E人(外向型)的世界裡,替所有I人(內向型)發聲,因此得到許多內向人的支持,可以請你告訴讀者第一次看到這部劇本的想法嗎?

感覺像在看一本小說,會因為角色的台詞而發笑,也擁有讓人在闔上劇本後可以陷入沉思的力量。

為什麼決定接下這個角色?

雖然這個回答聽起來很理所當然,但這齣戲可以跟很棒的導演與工作人員以及很多優秀的演員合作,再加上劇本本身很出色,所以我決定接下這個角色。而且也如同美貞說過的:「只要嘗試未曾做過的事情,就會成為另一個人。」我想把跨入三十歲的金智媛帶往更寬廣的世界,我想要嘗試全新的體驗,所以鼓起勇氣。

你曾在一則訪談裡說「從一開始就喜歡美貞的沉默」，請問廉美貞這個角色對你而言有著怎樣的魅力？與你本身又有哪些相似之處？

> 我好像不是因為我們帶有相似的特點，反而是因為我跟她不一樣所以喜歡她。廉美貞擁有暴風雨之前夜晚的冷靜，內心擁有一股強大的力量，因此她可以將「崇拜」這個字掛在嘴邊。

初次講出「崇拜」，或是第一次在劇本上看到這個詞的心情是什麼？雖然現在因為這齣劇的關係，這個詞蔚為流行，但一開始應該會有點生澀，畢竟這並非常用的字詞。

> 對我來說確實是個不熟悉的字詞，因此看到劇本時的第一個反應跟具先生差不多，我上網查詢了這個字的意思，思考了許久該怎麼傳達這個寓意。比起在拍攝的當下，我反而是隨著時間過去，更加深刻地了解為什麼編劇不用「愛」，而是用「崇拜」來表現這份情感。

如你所說，廉美貞是個內向型的人，不會顯露過多的情緒，但卻是個不容易失去自我的人。這個角色比起琦貞與昌熙的台詞量較少，飾演美貞時你更注重哪方面的細節？

導演明確地告訴我一件事，美貞說話的風格並非帶著憂鬱，或是被某種情緒所淹沒，她是屬於退後一步觀察自己的人，像是已經活了兩萬年的人（笑）。我如果有困惑的地方會在拍攝前先詢問，然後仔細聆聽導演跟編劇的意見。

最喜歡的場景及台詞是？

每次回想似乎都不太一樣，對於現在的我而言是美貞對具先生說：「歡迎那些每天早晨浮現在腦海裡的人吧。」

金錫潤導演說希望拍出能讓演員們休息的作品，你認同嗎？

這部作品對我而言真的喘了一口氣，雖然休息意指「讓身體停頓、休息」，但這部作品讓我在陷入煩惱、成長的過程中成為了一個可以喘口氣的存在，我非常感激，《我的出走日記》以及美貞的那些話都給了我非常踏實的撫慰。這是一部每當感到人生失去方向，或是徬徨時會想要拿出來看的作品，我感覺得到了一個指引的羅盤。

你有「崇拜」的事物嗎？

我還在努力尋找中，最近崇拜的對象是自己。

飾演美貞之後，是否有感覺到什麼變化呢？

美貞有一句台詞是「每天集滿五分鐘的幸福時間」。我每天也在努力累積五秒、十秒的幸福，這句話帶給我很大的力量。

謝謝喜愛《我的出走日記》的劇迷，祝各位身體健康，祝福我們都能幸福快樂。
猶如晴朗無雲的晴天，
沒有一絲皺褶！

金智媛

劇照

Essential 42

我的出走日記 3
朴海英 劇本書

나의 해방일지 대본집 3

作者　朴海英 박해영
譯者　莫莉、郭宸瑋、黃寶嬋
書封設計　張添威
內文排版　立全排版
主編　詹修蘋
行銷企劃　黃蕾玲、陳彥廷
版權負責　李家騏
副總編輯　梁心愉

初版一刷　2024年9月2日
套書定價　新台幣1400元

出版　新經典圖文傳播有限公司
發行人　葉美瑤
地址　臺北市中正區重慶南路一段57號11樓之4
電話　886-2-2331-1830　傳真　886-2-2331-1831
讀者服務信箱　thinkingdomtw@gmail.com

總經銷　高寶書版集團
地址　臺北市內湖區洲子街88號3樓
電話　886-2-2799-2788　傳真　886-2-2799-0909
海外總經銷　時報文化出版企業股份有限公司
地址　桃園市龜山區萬壽路二段351號
電話　886-2-2306-6842　傳真　886-2-2304-9301

國家圖書館出版品預行編目(CIP)資料

我的出走日記：朴海英劇本書/朴海英作；莫莉，郭宸瑋，黃寶嬋譯. -- 初版. -- 臺北市：新經典圖文傳播有限公司, 2024.09
第3冊；14 x 20.5公分. -- (Essential；42)
譯自：나의 해방일지 대본집
ISBN 978-626-7421-38-3(全套：平裝)

862.55　113010649

This book is published with the support of the Literature Translation Institute of Korea (LTI Korea).